2022

제67회

現代文學賞

수상시집

안규철, 「두 개의 빈 의자」, 드로잉

| 현대문학상 기념조각 |

안규철

책은 양면적인 요소들이 중첩되어 있는 물건이다.
책에는 왼쪽과 오른쪽 페이지가 있고, 보이는 앞면과 보이지 않는 뒷면이 있다.
안과 밖이 있고, 시작과 끝이 있다. 흰 종이와 검은 잉크가 있고,
드러난 것과 숨겨진 것이 있으며, 저자와 독자가 있다.
서로 상반되면서 동시에 상호 의존적인 이런 요소들은 책이 닫혀 있을 때는 드러나지 않는다.
책은 상자와 같아서, 책장이 펼쳐지기 전에 그것은 무뚝뚝한 한 덩이 종이 뭉치에 불과하다.
책을 열면 이렇게 하나였던 것이 둘이 된다. 왼쪽과 오른쪽이, 안과 밖이, 저자와 독자가 거기서 생겨난다.
그리고 그 둘 사이에서, 낯선 한 세계의 지평선이 떠오른다.
마술사의 손바닥에서 피어나는 꽃처럼, 작은 책갈피 속에서 세계 하나가 온전한 윤곽을 드러낸다.
문학작품 앞에서 늘 그것이 경이롭다.

제67회 現代文學賞 수상시집

이제니

발견되는 춤으로부터 외

현대문학

수상후보작

심사평

수상소감

수상작

발견되는 춤으로부터 외

이 제 니

이제니

발견되는 춤으로부터 외

1972년 부산 출생.
2008년 『경향신문』 등단.
시집 『아마도 아프리카』 『왜냐하면 우리는 우리를 모르고』
『그리하여 흘려 쓴 것들』 『있지도 않은 문장은 아름답고』.
〈편운문학상〉 〈김현문학패〉 수상.

발견되는 춤으로부터

　멀리 성당의 첨탑에서 저녁 미사를 알리는 종소리 들려온다. 열린 창 너머로 어스름 저녁 빛 새어 들어오고. 마룻바닥 위로 어른거리는 빛. 움직이면서 원래의 형상을 벗어나려는 빛이 있다. 어디로든 갈 수 있다고 속삭이는 옛날의 빛이 있다. 사제는 한 그릇의 간소한 식사를 마치고 자리에서 일어난다. 가장 낮은 자리로 물러나 무릎을 꿇고 기도를 올린다. 화면은 다시 정지된다. 일평생 봉쇄 수도원의 좁고 어두운 방에 스스로를 유폐한 채 기도에만 헌신하는 삶. 너는 보이지 않고 들리지 않는 그 기도가 누구를 도울 수 있는지 묻는다. 화면은 다시 이어진다. 너는 책상으로 가 앉는다. 맞은편에는 비어 있는 의자. 비어 있음으로 가득한 의자. 책상 위에는 먼 나라에서 보내온 엽서가 놓여 있다. 엽서는 북반구 소도시의 풍광 사진을 담은 것으로 단단한 얼음을 도려낸 듯한 작은 호수가 펼쳐져 있다. 한때의 죽음과도 같은…… 호숫가에는 걷거나 뛰는 사람들이 어딘가로 가려는 동시에 어딘가에 멈추어 서 있다. 멈추어 있는 채로 움직이고 있는 자전거 바퀴의 빛살이 아득히 눈부시다. 언젠가 너를 눈멀게 했던 호수의 빛. 한 발 한 발 천천히 걸어 들어가 남몰래 몸을 던지려 했던 깊고 쓸쓸한 물결의. 엽서 곁에는 작고 검은 돌이 몇 개 놓여 있다. 검은 돌…… 뚝뚝 눈물을 흘리면서 울고 있는 작은 돌. 돌의 표면 위로 무언가 흘러가고…… 돌연 가슴을 두드리는 슬픔이 지나가고…… 돌은 다시 발견된다. 돌은 그제야 제자리에 놓인다. 발견되는 돌 이전에는 발생하는 눈이 있었고. 눈. 바라보는 눈. 바라보면서 알아차리는 눈. 알아차리면서 흘러가는 눈. 흘러가면서 머무르는 눈. 머무르면서 지워지는 눈. 지워지면서 다시 되새기는 눈. 너는 엽서의 뒷장을 펼쳐 읽는다. 끝없는 설원의 가장자리로부터 한 사람이 베일 듯 걸어 나온다. 얼음의 꽃으로부터 향기를 간직하려던 사람이여. 닿을 수 없는 국경 너머를 향해 뿔피리를 불던 먼 생의 사람이여. 너는 이미 죽은 스승의 전생의 어머니이다. 몇 겹의 세월을 지나 이름 없는 여인이 낳은 구슬픈 눈을 가진 어린 린포체이다. 순간…… 마룻바닥 위로 한 번도 본 적 없는 설원의 어린 짐승이 지나가고. 너는 네가 가보지 못한 곳의 겪지 못한 형국을 한눈에 다 바라볼 수 있다는 기이한 착각 속에 빠져든 채로…… 맞은편은 여전히 비어 있다. 비어 있음으로 가득히 비어 있다. 의자에 앉은 너는 끝없는 설원 위를 끝없이 걷는다. 고행이라도 하듯이. 앞서 걸어가는 네 자신의 옷자락을 간신히 붙잡고 가듯이. 정지된 화면은 다시 재생된다. 기도를 마친 사제는 책상으로 옮겨 앉아 먼 나라의 슬프고 아픈 사람에게 편지를 쓴다. 빛이 먼지를 지우고 있습니다. 밤이 어둠을 돕고 있습니다. 사이…… 푹푹 눈밭에 빠지는 발소리가 누군가의 울음소리처럼 들려왔기에. 너는 의자에 앉은 채로 걸음을 멈춘다. 눈을 들어 옆을 바라보았을 때. 어느새 작고 어린 겨울 짐승이 네 곁을 따라 걷고 있었고. 너와 어린 짐승은 각자의 생각에 잠겨 각자의 길을 걷고 또 걸었다. 그것은 언젠가 전해 들은 믿음에 관한 이야기와도 같아서. 네가 바라보는 거울 속에서 너는 무엇이든 될 수 있고 무엇이든 볼 수 있다는 찰나의 깨달음에 관한 이야기로서. 너는 작고 검은 돌 위에서 두 번 다시 볼 수 없는 한 얼굴을 발견한다. 어슴푸레한 빛 속에서 무수히 떠오르는 몸짓들. 빛과 어둠의 경계 위에서 흩날리는 입자와 입자 사이의 흐느낌 속에서. 잊고 있었던 기억처럼 먼지의 춤이 발생한다. 춤이 발생하기 이전에는 하염없이 내리는 눈이 있었고. 하염없이 내리는 눈 이전에는 하염없이 덮이는 땅이 있었고. 하염없이 덮이는 땅 이전에는 하염없이 자기 자신으로 돌아가는 몸이 있었고…… 너는 멈추어 있는 채로 걸어가는 그 모든 사물의 표정과 목소리를 너 자신의 얼굴인 듯 읽어 내려간다. 사이…… 먼 나라의 사제는 온몸으로 세계의 울음을 듣는 사람이 되어 이 세상 속으로 한 걸음 더 걸어 들어가고 있었고. 어느덧 너는 더는 나아갈 수 없는 설원의 모서리에 도착해 있었으므로. 이제 그만 작별 인사를 하려고 고개를 돌렸을 때. 함께 걷던 작고 어린 겨울 짐승은 어느 결에 사라지고 없었고. 오직 너 혼자만이. 너 자신과 함께. 둘인 동시에 하나인 채로. 하나인 동시에 둘인 채로. 먼 길을 오래오래 홀로 함께 걸어가고 있었으므로. 걷고 걸어도 가닿지 못하는 설원의 빛 너머로부터. 누군가 멀리서 내내 당신을 돕고 있습니다. 춥고 어두운 골짜기에서 들려오듯 문득 서럽고 드넓게 울려오는 네 마음속 한 목소리가 있어. 너는 먼 곳의 얼굴 없는 사제를 네 영혼의 친척으로 여기는 것이다.

열매도 아닌 슬픔도 아닌

여름은 무덥고 열매는 둥글다

작고 둥근 열매의 눈 코 입을 사물의 표면 위로 가져온다

사물의 질감은 사물의 주인의 것으로
속했던 자리가 사라진 만큼 사물의 색채도 희미해진다

시간 속에서 시간과 함께 시간을 누리는 사람들 속에서

언제부턴가 모든 사람의 얼굴에
이제는 볼 수 없는 사람의 얼굴이 덧씌워져 있어서

너는 걷잡을 수 없이 자라나는 녹색 줄기가 무섭고
너 자신이 너 자신인 것은 더욱 무섭고

너의 병은 짙어져가고 그것은 병에 담겨 있다

그것에서는 박하 향이 나고
그러나 그것은 박하가 아니고

한글로 다만 페퍼민트라고 적혀 있다

박하는 낱말에 앞서 향으로 먼저 자신을 드러내고
너는 낱말에 속았고 낱말은 오래된 믿음에 흔들렸고
출렁거리면서 너는 열어볼 수 없다는 듯이 잠겨 있다

열릴 수 없는 것이
물과 바람과 흙과 함께 열매로 맺히듯이

당신은 나를 낳았고
당신에 대해 아는 것이 없다는 뒤늦은 깨달음이
사라진 자리마다 가득히 찾아왔으므로
나는 엎드려서 쓰고 또 썼다

열매는 수직으로 움직인다고
바닥으로 떨어져서야 자유를 누리는 것이 있다고
한 걸음 뒤의 일조차도 모르면서 살아가고 있다고
용서를 구하는 마음으로 열매의 향과 색을 누리면서

반복되는 밤마다 매번 다른 문을 열고 들어서는데도
나는 다시 또 당신의 무릎 앞에 도착해 있었다

한여름에 땀 흘리는 물컵
하얗게 질려서 땀 흘리는 물컵
울리는 흘리는 하얗게 질려서
한여름에 물컵 하얗게 울리는
흘리는 물컵 하얗게 한여름에

바라보는 물컵마다 하얗게 울리고 있어서
문장은 이상한 동시에 오랜 슬픔을 상기시켰고

무한히 뻗어 나가는 줄기에서 떨어져 나와
계절을 다한 열매 하나가 내 손에 쥐어져 있다

그것은 엄마가 제일 좋아했던 여름 과일

엄마는 내 손안에 작은 열매로 쥐어져 있다

열매로 완성된 것은 좀처럼 울지 않고
너는 열어보지 못했던 마음을 두드리고 있다

여린 내부는 알 수 없는 물질로 가득 차 있어
껍질의 안쪽은 점점 더 가볍게 부풀어 오른다

물질이 본성 그대로의 포물선을 그리듯

열매는 다시 온전히 저 혼자 하늘로 올라간다

열매의 구체성과는 무관하게
오래 맺어왔던 이름과도 무관하게

그러니 나도 가고 있다
뒤늦게 누리면서 사랑을 울면서

여름 열매가 향하는 곳을 따라
하얗게 울리는 흘리는 또 하나의 열매로서

물을 바라봄

　낯선 나라의 낯선 도시에서 낯선 물을 바라보고 있다. 어제의 너와 어제의 내가 어제의 물을 바라보고 있다. 물을 바라보는 것이. 번져가는 물빛의 형상을 따라가는 것이. 삶에 대한 은유를 읽어내는 일이라도 된다는 듯이. 너의 옆얼굴은 황금빛 석양 속에서 나타났다 사라지기를 반복한다. 돌이킬 수 없는 황금빛이 어제의 너를 집어삼켰으므로. 오늘의 너는 색채 모자를 쓰고 머나먼 순례의 길을 걷고 있다고 나는 믿고 있다. 길모퉁이. 담벼락. 인적 드문 골목과 골목. 사라진 사람과 함께 사라진 낱말들. 혼자 남은 오늘의 내가 어제의 너와 함께 어제의 물을 바라보고 있다. 돌아갈 수 없는 황금빛이 어제의 너와 나를 천천히 물들이고 있다. 드리워지는 녹색의 빛이 남몰래 가슴 아프게 좋았습니다. 언젠가 나누었던 너의 말과 말 사이로 저 너머의 태양이 스러진다. 부서지며 사라지는 태양은 누구도 볼 수 없는 녹색 광선을 품고 있다. 공원이라든가. 정원이라든가. 풀밭이라든가. 계단이라든가. 숨어서 울기에 좋은 낱말들이 오래된 나의 슬픔을 돕고 있다. 길모퉁이를 돌면 꿈속의 공원이 이어진다. 회백색의 날개를 접은 채로 걷고 있는 몇 마리의 비둘기들. 분수식 식수대에서 단속적으로 흐르는 물줄기들. 어떤 위치에서 어떤 그림자가 어떤 자세를 유지하고 있는 것을 보고 있다. 움직이지 않으면서 움직이는 것들의 움직임이 눈물겹습니다. 감았던 눈을 뜨면 회백색의 풍경에 문득 균열이 생기고. 기도하는 동굴이 홀연히 나타나고. 휘파람 낮게 불면서 어제의 새들이 드나들고. 엷고 푸른 옷을 입은 내면 아이가 날숨처럼 뛰어 나온다. 기도하는 종이가 펼쳐지고 있습니다. 가닿을 수 없는 저 너머에 가닿겠다는 듯이. 종이에 구멍을 내듯이 단어와 단어를 겹쳐 적고 있었으므로. 엷고 푸른 내면 아이는 춤을 추듯이 앞서가고 앞서간다. 앞서가면서 사라지고 있습니다. 저것은 헛것이야. 저것은 죄책감이야. 눈을 씻고 다시 담벼락을 쳐다보면. 착하고 고운 빛으로 살았던 한 사람의 얼굴이 드러나고. 사라지는 것의 도식을 헤아리기라도 하듯이. 그늘진 도토리 하나를 주워 뒤뜰의 나무 아래에 숨기면. 비어가는 구멍 하나. 비어가는 구멍 둘. 들은 비어가고. 둘은 지워지고. 비어가는 들을 무엇이라 부를 수 있습니까. 이미 빈 들인데 더욱더 빈 들이라는 말의 이 부드럽고도 다정한 폭력을 당신은 이해할 수 있습니까. 물러나듯 밟고 나아가는 문장의 이 희미한 슬픔을 이 희미한 망각을 당신은 온전히 느낄 수 있습니까. 착하고 고운 빛을 곁에 두고서 멀리에 있는 물을 바라보았던 어리석음 덕분으로. 한여름에도 작고 어린 짐승은 추위를 느끼며 울고 있다. 밤이면 회백색의 먼지가 되어 엄마 엄마 울면서 방 한구석을 굴러다니고 있다.

너와 같은 그런 장소

만나러 가는 사람이 되어 걸어가고 있다. 좁은 골목 저 끝으로 사람 하나가 자전거를 타고 지나간다. 휘날리는 옷자락. 흩어지는 웃음소리. 밤의 수군거림으로 번지는 오래전 뒷모습. 풍경으로 스며든 사람을 찾아 헤매고 있다는 것을 알아차린 것은 이미 풍경을 지나친 뒤였다. 잊어버린 사람을 다시 잊어버린다는 것. 물러난 자리에서 다시 한 발 더 물러난다는 것. 만나러 오는 사람은 인상이 평범하다고 했다. 아무것도 아니어서 무엇이든 될 수 있다고 했다. 구름이 구름을 불러 모아 하늘을 뒤덮고 있는 사이. 수풀 뒤편의 샘물줄기가 작은 웅덩이를 만들고 있는 사이. 나 자신을 연기하는 나 자신이 되어 만나러 가고 있다. 다가가는 것만큼 멀어져가면서. 만나러 가는 사람이 만나러 오는 사람으로 변모하고 있다. 순간순간 입장이 뒤바뀌면서. 꿈결 속 전경의 얼굴이 물러나듯이. 먼 산의. 눈먼 마음의. 아무것도 아닌 것의 무한함 같은 것이 다가오고 있다. 후회와 존중의 마음으로 다가오고 있다. 감은 두 눈을 만져보던 어느 날의 두 손으로. 빛나는 사람을 잃어버렸다는 뒤늦은 회한으로. 복도의 끝에는 먼지가 내려앉은 거울 하나가 걸려 있다. 다가올 시간을 가리키는 점괘처럼. 멀리로부터 어렴풋하게 얼굴 하나가 떠오르고. 물러나듯이 다시 다가오는 흰 산. 살아 있음으로 인해 멈출 수도 있는 가능성으로. 그것은 오래전 내가 사랑했던 사람의 이름입니다. 너와 같은 그런 장소. 너와 같은 그런 어둠. 만나러 오는 사람이 되어 만나러 가고 있다. 점괘의 순서를 다시 뒤섞듯이 걸어가면서. 자전거를 타고 지나가던 사람의 얼굴이 문득 선명해진다. 실은 울고 있었다. 그래. 내내 울고 있었어. 지나치는 구름들. 지나치는 사람들. 지나치는 이름들. 지나치는 숫자들. 순간순간 도착하는 풍경의 일부로 스미면서. 만날 수 없는 것을 만나러 가는 사람이 되어 걸어가고 있다.

빛나는 얼굴로 사라지기

빛 덤불 밖으로 걸어 나오는 사람을 본다. 옆모습. 하나인 채로 둘인 옆모습. 하염없다. 속절없다. 빛은 사람을 통과하고. 사람은 시간을 통과하고. 시간은 태양을 따라 그늘을 드리우고 있다. 우리는 점점 늙어가면서 어려지고 있다. 우리는 점점 사라지면서 다시 처음으로 살아가고 있다. 그것은 그리 어렵지 않게 그릴 수 있는 도형입니다. 보이지 않는 것을 바라보는 눈. 나는 언젠가의 내가 기다렸던 바로 그 사람입니다. 빛 덤불 밖으로 걸어 나온 사람은 목소리 없이 말한다. 하나 그리고 둘. 희미한 채로 희미하지 않은. 희미하지 않은 채로 희미한. 우리는 우리라고 부르기엔 너무 가까워 이미 하나의 죽음에 가 닿아 있다. 그림자 하나. 그림자 둘. 지워져가는 문양의 순서를 다가올 행운의 계시로 받아들이는 누군가가 있다. 시간 속에서. 흐르는 시간 속에서. 그것은 점점 키가 줄어들고 있다. 그것은 점점 말이 줄어들고 있다. 관대함이란 더는 그 무엇도 설명할 언어를 필요로 하지 않는 마음입니다. 몸의 앞쪽을 향해. 어리고 약한 것을 향해 자꾸만 자꾸만 구부러지는 것. 기어이 한사코 보듬어주고 쓰다듬어주는 것. 보이는 대로 바라보지 않는 오늘의 눈이 있다. 덤불 밖은 언젠가 두고 온 저 세상처럼 환하다. 견딜 수 없는 장면들을 건너와 덤불 밖 빛 어둠으로 걸어 나올 때. 맞잡은 두 손이 더는 누구의 손인지 알 수 없게 되었을 때. 분별할 수 없는 숨결로 노래를 부르고 있다. 쏟아지듯이 쏟아내듯이. 마지막으로 남는 명사 하나를 밝혀내기 위해 써내려가고 있다. 도식화되지 않는 사랑의 몸짓을 읽어내려고 가만히 들여다보고 있다. 그림자는 말이 없고 흑백의 사람은 빛 덤불 밖으로 걸어나오고 있다. 사진 속에서. 옛날의 사진 속에서. 빛나는 얼굴로 사라지면서. 보이지 않는 언덕을 향해. 두 사람이 영원처럼 걸어가고 있다.

이파리와 지푸라기

　울지 않는 먼 숲의 동물들처럼 슬픔이 사람의 얼굴을 하고 있다. 이파리와 지푸라기. 이파리와 지푸라기. 겨울 꿈속을 걸어가면 겨울 숲속이 나타나고. 겨울 숲속의 겨울나무는 보이지 않는 잎과 꽃과 뿌리를 품고 있다. 마르고 단단한 나무둥치에 귀를 기울이면 다가올 계절의 색깔을 읽을 수 있습니다. 이파리와 지푸라기. 이파리와 지푸라기. 다시 들을 수 없는 목소리를 되뇌면서. 다시 부를 수 없는 이름을 읊조리면서. 겨울 들판을 걸어가면 겨울 눈밭이 나타나고. 희고 맑은 것이 하나둘 얼굴 위로 떨어져 내린다.

　누군가 먼 숲에서 청동으로 만든 작고 둥근 명상 주발을 두드리고 있다. 울림은 완만한 파형을 그리며 당신을 감싸고 있다. 이파리와 지푸라기. 이파리와 지푸라기. 다가올 어둠을 알지 못했던 천진한 얼굴이 지나가고. 다시 돌아오지 못할 안녕의 말들이 건너가고. 어느 날의 슬픔은 막막하고 한이 없어서. 수면으로 떠오르는 물고기의 입 모양으로 울음 없는 울음을 울었고. 둔중한 둔기에 얻어맞은 듯 너 자신을 초과하는 마음의 고통에 굴복한 채로. 오래도록 유령 혹은 그림자의 형상으로 네 곁을 머물렀던 그것을 문득 발견한다. 이파리와 지푸라기. 이파리와 지푸라기.

기억 없는 꿈을 받아쓰면서. 기약 없는 내일을 기다리면서. 거의.
살아 있는 사람처럼. 거의. 죽어 있는 나무처럼.

　삶 속에 있었던 때보다 더욱더 생생한 표정으로 꿈속에서 살아
가고 있다. 의심 없이 누려왔던 시간을 너만의 음률로 다시 배열
한다. 얼굴과 얼굴의 자리를 뒤바꾸면서. 지우고 덧붙이기를 반
복하면서. 지나온 안부를 거슬러 올라가면서. 남겨진 다정을 길
어 올리면서. 멀리 있어서 더욱더 선명해지는 형상이 있어. 너는
너 자신의 얼굴을 바라보듯 꿈속의 얼굴을 들여다본다. 이파리와
지푸라기. 이파리와 지푸라기. 겨울 꿈속의 겨울 숲속의 겨울 들
판 속의 겨울 눈밭 위를 영원처럼 걸어가고 있다. 다가올 계절에
다시 도착할 지난날의 잎과 꽃과 가지들을 품고서. 어느새 울림
그릇의 진동이 조금씩 잦아들고 있다. 작별 의식이 마지막에 이
르렀다는 듯이. 떨어진 잎들은 다시금 떠오를 수 있다는 듯이. 이
파리와 지푸라기. 이파리와 지푸라기. 겨울 꿈속의 낱말들이 먼
숲의 울림을 다시 이어내고 있다.

너와 같은 그런 장소

잃어버린 것을 되찾는 꿈을 꾸고 있었다. 그럴 때 꿈은 흑백이 아닌 천연색으로 펼쳐졌고. 꿈 밖으로 나와서도 울지 않을 수 있었다. 꿈속에서 우리는 옛날의 강가를 걷고 있었는데. 너는 그것이 꿈속의 꿈이라는 것을 분명히 자각하고 있었고. 그것은 굳어버린 사고의 패턴을 반성하기에 좋았고. 나날의 스승이 되기에 군건한 걸음을 간직하고 있었다. 지난날 건넜던 다리의 이름은 잊은 지 오래였으므로. 너는 북극의 오로라나 열대의 사막 혹은 가닿을 수 없는 세계의 끝에 도착하듯이. 오래 품어온 열망의 순서대로 다리의 이름을 새롭게 지어내 불렀다.

자유의 다리를 건너면 사랑의 다리가 이어졌고
사랑의 다리를 건너면 헤어지는 연인이 있었고
헤어지는 연인 다음에는 다시 시작하는 연인이

계절을 거스르지 못하는 잎사귀들은
오래된 다리 위를 떠돌면서 과거로부터 멀어질 줄을 몰랐고
바람에 밀려 떠오르다 내려앉기를 반복하는
새들은……

강가는……
강가의 물살은……
물살의 유속은……
유속이 그려내는 물결은……
물결이 데려가는 너에 대한 기억은……
이제는 없는 사람이 스며 있는 장소는……

*

　우리가 함께 건넜던 다리가 철거되었다는 것을 알게 된 것은
다리가 철거되고서도 한참 뒤의 일이었다. 어느 늦은 밤. 잠에서
깨어나 우연히 보게 된 흑백의 다큐멘터리 속에서. 한 남자는 며
칠 뒤면 철거될 낡은 다리 위에서 밤의 흐름과는 또 다른 낮의 물
살을 내려다보고 있었다. 남자는 알려지지 않은 작가였고. 알려
진 적이 없는 그대로 잊히고 있었고. 산책과 배회와 소요와 유랑
사이에서. 회피와 방치와 외면을 일삼으며 은둔의 삶을 살고 있
었고. 그 자신이 써 내려갔던 주제 중의 하나인 완전한 무無에 대
해서. 그 완전한 없음 속의 흐릿한 있음에 대해서. 자신의 글쓰기
가 끝장이 난 후에야. 그제야 온전히. 몸과 마음으로 긍정하게 되

었다고 말했고. 그렇게 이인칭의 목소리에서 일인칭의 목소리로 돌아오게 된 그 순간부터 자신의 글쓰기는 비로소 시작되고 있는 것인지도 모른다고 말했고. 말을 이어가는 중에도 그의 눈길은 하염없이 흐르는 물길을 좇고 있어서. 그의 목소리는 출렁이는 물결 속으로 잦아들고 있었고. 이제는 없어질 다리 위에서. 그 낡고 오래된 다리의 사라짐이 제 삶의 한 은유라도 된다는 듯이. 오른쪽에서 왼쪽으로. 왼쪽에서 오른쪽으로. 위에서 아래로. 아래에서 위로. 물살을 거슬러 가듯이. 거슬러 간 물살을 되돌려놓듯이. 천천히 오래오래. 날이 어두워지고서도. 다시 밝고서도. 다리를 떠날 줄을 몰랐고. 더는 머무를 수 없는 순간에 이르러서야 남자는 자신의 방으로 돌아왔고. 다시 밝아오는 아침의 빛 속에서. 창문 너머로 새소리 들려오고. 남자는 어스름한 빛이 스며드는 벽지 위에서 이전에는 본 적 없는 얼룩 하나를 발견한다. 얼룩은 바라볼수록 점점 더 도드라지듯 선명해지고 있었고…… 그것은 누군가 작은 십자가 하나를 오래도록 걸어둔 흔적처럼 보였고…… 가로세로로 겹친 빛의 흔적은 누군가의 간절한 기도와도 같았고…… 어쩌면 남자는 다리 위에서 오래오래 바라보았던 그 물결의 잔상을 온전히 제 눈동자 위로 옮겨 왔는지도 몰랐고…… 그렇게 늘 바라보던 방식이 아닌 곁눈 혹은 옆눈으로 비켜나 보는 것만으로도 세계는 보이지 않던 어떤 형상을 드러내 보였고…… 보지 않으면서 보거나…… 보면서도 보지 않을 때…… 그때…… 이미 열려 있던 문은 또 다른 낯선 세계로 들어서는 검은 입구가 되어 다시 열리기 시작했으므로…… 너는 보이지 않는 채로 오래도록 네 곁에 머물러 있는 누군가를 다시 떠올린다.

꿈속에서 너는 가볍게 유영하는 날개와도 같은 시를 쓰고 싶었는데. 너의 내면에 가장 가깝게 달라붙어 있는 무엇. 이미지와 문장 사이에 종잇장 하나 정도의 틈조차 허용하지 않는. 쓰려는 것이 이미 쓰인 무엇으로 백지 위에 앞질러 도착해 있는. 그러나 저물녘 강물의 표면 가까이로 헤엄쳐 오르는 물고기의 검은 몸짓 하나도 네 손끝으로 포착할 수 없었고. 형체 없는 형체로 단단히 살아가는 것들을 너는 매번 비껴오고 지나쳐 왔다는 모종의 쓸쓸함과 함께. 그것은 언젠가 어디론가 걸어가던 길에 얼핏 지나쳐 보았던 늙은 길고양이의 어둑한 자리를 떠올리게 했고. 고양이는 그날 처음 본 낯선 고양이가 아니라 실은 오래도록 네가 밥을 챙겨주며 아껴왔던 바로 그 고양이였다는 것을. 고양이는 자리에 멈춰 쉬고 있었던 것이 아니라 오래도록 고요히 죽어 있었다는 것을. 지나쳐 걸으며 점점 더 고양이로부터 멀어지는 동안. 그 얼굴을 명확히 보지 않고서도 분명히 알 수 있었던 그 어떤 죽음을.
너는 이전에도 네가 알지 못하는 채로 이미 알고 있는 죽음이라
는 사건을 몇 번이고 몇 번이나 목격해왔다는 서늘한 깨달음과
함께……

*

다시 또다시 반복되는 꿈속에서
조망하는 눈이 되어 백지를 내려다보고 있을 때

그것은 다리에서 다리로 건너뛰고 있었고
다리는 시간에서 시간으로 건너뛰고 있었고

그렇게 다시

그것은 오늘 죽지 않고
길게 기지개를 켜고 있고

다른 풀숲을 헤치고 나온 작고 어린 고양이는

물의 표면을 가로지르는 물고기의 검은 지느러미로
오늘 다시 보도블록을 누비며 헤엄치듯 살아가고 있다

*

검은

윤곽

마지막

들숨

구름

가득한

침묵

가까이

*

없어진 다리 위에서는 다시 만날 수 없었으므로
너 없는 장소에서 너 아닌 것에 대해 쓰고 있다

덧없이 눈을 뜨고 하염없이 눈을 감은 뒤에야
자신 속의 자신을 얼마간 죽인 뒤에야

보이지 않는 눈빛과 보이지 않는 강물 사이에서
숨겼던 표정과 숨겼을 울음 속에서

걸음은 절로 사람들을 이끌어 간다
잔상으로 남아 있다고 말하는 바로 그곳으로

다른 누군가의 걸음이 멈춰 서 있는 바로 그 곁으로

수상시인 자선작

돌이 준 마음

너는 멈춘다

음각의 빛으로부터 어른거리는

나무 새의 마음으로

나의 언덕 위로 해변의 부드러움이

우리가 잃어가게 될 그 모든 순간들
— 이제 너는 검은색으로 보인다

우리가 잃어가게 될 그 모든 순간들
— 4′33″

우리가 잃어가게 될 그 모든 순간들
— 숨기에도 숨기기에도 좋았다

돌이 준 마음

　돌에게 마음을 준다. 빛나는 옷을 입힌다. 높다란 모자를 씌운다. 돌은 마음을 준 돌이고. 돌은 마음을 준 옷을 입고 있고. 돌은 마음을 입은 모자를 쓰고 있다. 움직이지 않는 돌에게 마음을 쓴다. 살지 않는 돌에게 말을 건넨다. 마음을 쓰고 쓰면서 마음을 두드리고 두드린다. 살아가라고. 사라지지 말고 살아가라고. 두드리고 두드리면 들려오는 것. 들려오고 들려오면서 날아가는 것. 여리고 여린 돌의 흰 가루. 더는 만날 수 없는 날의 고운 뼛가루. 날리고 날려서 들판으로 날아간다. 날아가고 날아가서 바닷길에 닿는다. 한줌 쥐어보는 돌의 마음. 손가락 사이로 흩어지는 돌의 시선. 길목과 길목에는 손길이 닿은 돌이 놓여 있다. 빛나고 높다란 것이 점점이 흩뿌려져 있다. 사랑하는 표정이 줄줄이 길을 가고 있다. 다정한 손끝이 가리키던 한낮의 빛. 품어주고 품어주던 너른 장소. 누구와도 닮지 않은 억양으로 이름을 부르던. 큰 돌 위에 작은 돌. 작은 돌 위에 더 작은 돌. 쌓고 쌓으며 기도하던 두 손의 간절함으로. 돌이 준 마음이 날아가는 옷을 입고 있다. 마음을 준 돌이 사라지는 모자를 쓰고 있다. 사라지는 모자를 쓴 돌이 사라지는 마음이 되어 닿고 있다. 마음을 다해 마음이 되어 마음에 닿고 있다. 사라지는 것으로 살아가면서. 살아 있는 것으로 휘날리면서. 몸을 보라고. 몸이 아닌 몸을 보라고. 돌이 준 마음을 안고

있다. 돌이 된 마음을 알고 있다. 몸 아닌 몸으로 움직이는 돌이
있다.

너는 멈춘다

너는 멈춘다. 횡단보도 앞에서. 철 지난 시계탑 앞에서. 사라져 가는 계절의 마음 앞에서. 너는 멈춘다. 수정할 수도 있었던 틀린 맞춤법과 건너뛸 수도 있었던 띄어쓰기와 다시 되돌아오는 긴 한숨 앞에서. 너는 멈춘다. 지나간 복도는 침울하고. 그것은 돌이킬 수 없는 어둠을 가리키고 있고. 선택지 없는 방향성만을 제시하고 있고. 계절은 바뀐다. 계절이 바뀌듯 지나간 마음도 바뀐다. 지나간 마음을 바꾸면 조금은 더 살아갈 수 있습니다. 너는 멈춘다. 지나간 사건의 해석 앞에서. 쓸모를 찾아가는 사물들 곁에서. 탁자는 비어 있다. 오래전에 들었던 가슴 아픈 이야기 하나가 떠오른다. 쓸모없음을 상기시키는 어두운 도형 하나가 문득 제 윤곽을 바꾼다. 너는 다시 멈추어 선다. 그러니까 어제 너는 불 꺼진 병실 침대에 누워 죽음을 생각하고 있었는데. 오늘 이 아침에 너는 빛이 쏟아져 내리는 횡단보도 앞에 멈추어 서 있다. 너를 멈추어 서게 하는 힘. 너를 멈추는 것으로 다시 살아가게 하는 힘. 너무 많은 빛이 네 눈동자 속으로 쏟아져 들어온다. 너는 마른세수를 하듯 두 손 가득 빛 그물을 떠서 얼굴을 문지른다. 오래전 두고 온 빛 그늘이 사방으로 번지고 있다. 열리지 않는 창문 너머로 새로운 빛이 내려앉는다고 생각할 때. 바라보지 않으면서 바라보는 눈을 가진 사람들이 거리거리마다 걸어가고. 삭제되지 않는 방식으로 삭제되는 어제의 문장들. 한 줄 두 줄 써 내려간 문장들 위로 붉은 줄이 그어질 때. 등지고 누웠던 너의 뒤편으로 어제의 신음소리 다시 들려오고. 이제 너는 비로소 너의 몸을 벗어나게 되었으므로. 처음으로 너는 한 발 제대로 멈추어 선다. 비로소 너는 사람으로 흘러가기 시작한다.

음각의 빛으로부터 어른거리는

고통을 잊는 법을 알지 못해 너는 네 마음의 음률로부터 달아 났다. 가늠할 수 없는 속도가 네 자신을 잊게 만들었으므로. 너는 언제나처럼 달리는 차 뒷좌석에 앉아 있다고 생각한다. 너는 네 삶이 어떻게 끝날지 오래전에 이미 다 보았고, 그것은 신의 주사 위 놀이를 벗어난 무한한 어떤 것. 주어진 환경으로부터 걸어 나 와 처해진 조건과는 무관하게. 분별없는 마음으로 삶의 한가운데 서 있기로 한 그 순간부터. 너와 나라는 출구 없는 심연을 마음대 로 오가게 되었으므로. 깨달음은 단 한 번 깨우친 그것으로 완성 된다는 이전에는 이해하지 못했던 문장을 이제는 이해하게 되었 는데. 깨달음에 대한 이해라기보다 더는 깨달음에 대한 어떤 단 언도 받아들이지 않기로 했으므로. 어른거리고 어른거리는 빛. 당신은 그 모든 벽면에 어리고 어리는 그림자의 빛을 좇고 있다. 좁고 긴 골목의 담벼락. 어둡고 높은 회랑의 돌바닥. 너와 시간과 공간이 오롯이 서로를 마주하는 곳. 어떤 삶이든 간헐적으로는 아름다울 수 있습니다. 경배자의 옷을 입은 채 그 모든 변명을 멈 추기로 한 순간부터. 너는 그림자 속에 감추어둔 손가락으로 무 엇도 새길 수 없는 어둠의 벽에 어떤 문장을 적어 내려간다. 한 사람의 영혼은 얼마나 넓게 어리는 것이기에 한 사람이 죽자 한 사람의 사물도 모두 죽어버렸습니다. 담벼락의 그림자는 차갑고도 따뜻한 빛을 숨긴 채 예언의 형상으로 드러나고 있다. 찬란하고도 보잘것없는 빛이다. 사소하고도 거룩한 물결이다. 어제는 거울에 비친 누군가를 보았고 이제 더는 내 자신을 내 자신으로 바라볼 수 없게 되었다. 스스로의 병이 깊은 것을 알지 못해 오래도록 다른 누군가를 탓해왔다는 사실을 알아차린 이후로. 다시 태어나기에는 먹어버린 물고기와 삼켜버린 풀잎과 지나쳐버린 얼굴이 너무나도 많습니다. 속도가 필요한 모든 순간들이면 그러했듯이. 너는 여전히 마음으로부터 달려 나가고 있다. 달려 나가는 속도 그대로 목소리 없는 목소리로 중얼거리고 있다. 너는 네 자신을 네 자신이 아닌 다른 누구인 것처럼 느끼며 자꾸만 자꾸만 어떤 말을 내뱉고 있다. 그러니까 나는 엄마가 죽어가는 것을 보았구나. 그러니까 나는 엄마가 세상으로부터 천천히 사라져가는 것을 보았구나. 그 고통이 끝나기를. 그 고통을 바라보는 내 고통이 끝나기를 바라면서. 그것이 어서어서 죽기를 바랐구나. 그것이 어서어서 끝나기를 기다렸구나. 그리하여 너는 오늘 또다시 그 모든 어둠의 벽으로부터 어떤 얼굴 하나를 목격한다. 드러내지 않은 마음을 드러내려는 양각의 빛으로부터. 드러낼 수 없는 마지막 말을 드러내려는 음각의 기운으로써. 결국 저마다의 병이 저마다의 삶을 살려내고 있다. 저마다의 악몽이 저마다의 백일몽을 물들이고 있다. 어둠이 불러다 먹인 입을 바라본다.

나무 새의 마음으로

　어제의 이름을 잃어버린 이후로 새로운 눈을 덧입게 되었다. 새로운 눈은 새로운 마음으로 되살아나 새로운 아름다움을 데려왔다. 언제나 내 속에 간직하고 있던 빛. 일렁이며 펼쳐지던 네 눈동자의 빛. 너는 옛날의 빛에 기대어 나무 새를 만들고 있다고 했다. 묵주나 목탁 같은 법열의 상징과는 거리가 먼. 나는 슬픔을 상징으로 변환하는 법을 알지 못합니다. 나무와 대기와 추위와 언어는 부분적으로만 같은 자리에 놓이기 때문입니다. 죽음의 문을 건너는 순간 이승의 감각은 모두 사라진다고 믿기 때문입니다. 스러졌던 자리로 사라졌던 손길이 모여들고 있었다. 우리가 어제 마주 잡았던 손. 우리가 어제 굳게 껴안았던 어깨. 멀어진 거리만큼 멀어진 감정이 있었다. 멀어진 감정만큼 가깝게 헤아리게 된 몸짓이 있었다. 나무 새의 얼굴은 작고. 나무 새의 얼굴은 어둡고. 나무 새는 이름 붙일 수 없는 몇 개의 구멍을 간직하고 있었다. 구멍과 구멍 사이로 넘나들고 있는 것은 무엇입니까. 잊히고 잃어버린 표정은 누구의 슬픔을 향해 기울고 있습니까. 어둠이 어둠으로 눈멀고 있는 날들이다. 구멍이 구멍인 채로 구멍을 메워가고 있는 날들이다. 멈추어 있는 채로 걸어가고 있습니까. 멈추어 있는 채로 걸어가고 있습니다. 마침표의 자리에 물음표가 다가오고 있었다. 물음표의 자리에 느낌표가 내려앉고 있었다. 희미한 그림자 속에서도 온전한 형상을 품고 있는 미완의 사물들이 그러하듯. 나무 새는 다시 태어나는 것의 눈빛을 이미 간직하고 있다고 했다. 어제의 울음을 내미는 대신 오늘의 걸음을 내딛고 있다고 했다. 머나먼 별을 바라보며 두고 온 미래를 점치는 사람들처럼. 시간 저편으로부터 쏟아져 내리는 별빛을 두 손 가득 받아들고 있었다. 하루와 하루 사이. 나무와 나무 사이. 나무 새의 날갯짓이 이어지고 있었다. 날지 못하는 아름다움이 울지 못하는 그리움으로 흘러가고 있었다. 깎이고 깎여가는 나무 새의 형상 위로 바닥을 딛고 일어서는 오늘의 문장이 드러나고 있었다. 오래 쓰다듬어 고요해진 자리로 순한 빛 한 줄이 떠오르고 있었다.

나의 언덕 위로 해변의 부드러움이

나는 언덕의 유품으로 이 해변에 앉아 있다

언덕은 많지 않은 무언가를 남겼고
나는 언덕의 밝혀지지 않은 이웃 중의 하나이다

밝혀지지 않았다는 것은 아무에게도 보이지 않았다는 것
아무에게도 보이지 않았다는 것은 누구에게도 사랑받지 않았
다는 것

해변은 기억의 숲을 가지고 있다
숲은 닫히지 않은 문을 가지고 있다
언덕은 회전하는 마음을 가지고 있다

돌이켜 보면
닫히지 않은 문은 이미 닫혔던 기억으로 환하고
언덕의 마음은 누구의 것도 아닌 언덕의 것으로 찬란하다

모래 조개 자갈 무덤
모래 조개 자갈 무덤

떠나온 곳에서 떠나간 곳으로 집을 옮기는 심정으로
지나온 곳에서 지나올 곳으로 어둠을 옮아온 고단함으로

오래전 한 사람이 닫힌 문 너머에서 전생처럼 걸어오고 있다
해변은 사라진 발자국들로 끝없이 펼쳐지고 있다

이름 모를 개 한 마리 해변의 끝에서 끝으로 달려가고
가능성의 물결 앞에서 물장구를 치는 아이의 발등이 고요하다

알고 있는 것이 더 이상 알고 있는 것이 아닐 때
알 수 없는 것들이 알 수 없는 채로 더없이 빛날 때

나는 이제 그만 죽어도 좋을 것 같구나

다른 사람의 말을 전하듯 제 속말을 하던 사람은 보이지 않고
공놀이를 하는 개의 평화로움이 언덕을 물들이고 있다

당신이 사라졌으므로 나는 끝끝내 열리지 않는 비밀이 되어갑
니다

개는 주인을 가지고 있고 주인은 공을 가지고 있다
공은 공기를 가지고 있고 공기는 나를 가지고 있다

나를 가지고 있는 공기를 가지고 있는 공을 가지고 있는 주인
을 가지고 있는
개는 자꾸만 공을 놓치면서 점점 더 자기 자신이 되어가고 있다

멀리 있는 것들이 가까이에서 빛을 발할 때
멀리 있는 것들이 스스로를 밝히며 아무도 모르는 얼굴이 되어
갈 때

돌아갈 곳이 있다는 사실은 거룩한 고행 같았다

우리가 잃어가게 될 그 모든 순간들

—이제 너는 검은색으로 보인다

너는 언제나 검은색 옷을 입고 있다. 검은색으로 걷고 검은색으로 먹고 검은색으로 잠든다. 검은색은 죽음과 무관하다. 검은색은 얼룩과 무관하다. 검은색은 어둠과 무관하다. 검은색은 관념적인 언어와도 무관하다.

너의 검은 동공 속에서 거대한 공동을 발견하기 전까지는

더 이상 같은 말로 같은 사건을 말할 수 없음을 알게 되기 전까지는

삶이라고 쓰면 삶이 다가온다.

시간과 공간이 다시 끼어들고
이곳과 저곳의 기억이 뒤섞이고
스쳐 온 인상들이 썰물처럼 밀려온다.

등장인물은 언제나처럼 너와 닮은 얼굴을 하고 있다.
잘못된 무대 위에서 잘못된 대사를 내뱉는 목소리가 들려온다.

너는 언제나 얼마간의 간격을 의식하고 있다. 너와 너 사이의 간격. 너와 세계 사이의 간격. 세계와 세계 사이의 간격. 그 모든 것을 말하는 언어와 언어 사이의 간격. 간격은 죽음이고 간격은 얼룩이고 간격은 억양이다. 간격은 관념어를 쓰는 것으로부터도 얼마간 비껴나 있다.

틈을 열어나가는 꿈을 꾸었습니다.

좁혀질 수 있기 때문에 틈이라고 부를 수 있습니다.

꿈속에서 너는
끊이지 않는 검은 길을 따라가고 있었다.

한 번도 가보지 못한 언젠가 네가 있었던 곳.

삶이라고 쓰면 삶은 물러난다.

봉인된 말들이 고요히 말라가는 햇빛 속
아무도 찾아오지 않는 돌담의 쓸쓸함으로

이제 너는 검은색으로 보인다. 밤의 현상 속으로 걸어 들어가는 누군가의 뒷모습이 되어. 검은 장막을 배경으로 봄의 흰 꽃이 흩날리고 있다. 날아오르듯 눈부시게 죽어가는 잎사귀들 사이로. 이제 너는 겨우 더듬을 수 있는 가장자리가 되어가고 있다. 이제야 겨우 만질 수 있는 시간의 틈새가 열리고 있다.

우리가 잃어가게 될 그 모든 순간들

—4′33″

    가장 경멸하는 것을 가장 사랑한다고 했다. 견딜 수 없었던 순간을 지속적으로 되뇌고 있다고 했다. 머물지 못했던 장소를 경배한다고 했다. 생활이 부족한 단어 사이에서 영혼이 점점 희박해져가고 있다고 했다. 일평생 함께 살아온 사람이 누구인지 끝내 알지 못했다는 사실이 슬펐다고 했다. 쓸 수 있는 말과 쓸 수 없는 말의 구분이 더는 중요하지 않게 되었다고 했다. 너라는 사람을 특성 없는 사람으로 간주했던 누군가를 내내 잊을 수 없다고 했다. 단호한 말로 선을 긋지 못했던 자신의 무력함이 쓸쓸했다고 했다.

    급박하게 굽이치듯 다가오는 비탄의 전조음처럼

    급작스럽게 단조에서 장조로 변주되는 음률처럼

    알지 못하는 먼 나라의 풍습처럼 펼치는 페이지마다 읽을 수 없는 고대 문자가 적혀 있었다고 했다. 영면이라는 말을 대신할 단어를 오래도록 찾고 있다고 했다.

    부르고 싶어도 떠오르지 않는 이름 속에서

그리고 싶어도 그려지지 않는 선분 위에서

의도보다 앞서 계절이 도착해 흔들리고 있다고 했다. 입 밖으로 내뱉지 못한 말들을 반복해서 적어 내려가고 있다고 했다. 눈을 감으면 울고 있는 잿빛 얼룩이 어른거리고 있다고 했다.

먹이를 찾아 낮게 내려앉는 이른 아침의 작은 새

긴 목과 긴 다리를 낮추어 접어 물을 먹는 밤의 기린들

음악이 없어 소리를 내어 노래 불렀다고 했다. 나란히 잡은 손에 의지해 밤의 도로를 걸었다고 했다. 이름 모를 열매를 따 먹는 순간 잊었던 기억이 떠올랐다고 했다. 변모하는 구름의 형상이 오래전 얼굴을 불러들였다고 했다.

그런데 그것은 당신 자신만의 언어가 아닌데
어떻게 그 모든 표면을 당신의 언어처럼 뒤집어쓸 수 있단 말입니까.

먼지에 뒤덮인 채로 오래오래 남겨져 있었다고 했다. 말라가는 나뭇가지가 배웅하는 손짓으로 흔들리고 있었다고 했다. 흐려진 그림자 너머로 떠나보낸 사람들의 얼굴이 겹쳐지고 있다고 했다. 얼마간의 침묵이…… 얼마간의 침묵이…… 얼마간의 침묵이 그 모든 말들을 뒤덮었다고 했다.

* 4′33″: 존 케이지가 1952년에 작곡한 피아노를 위한 작품이다. 3악장으로 구성된 곡으로 존 케이지는 4분 33초라고 지정해놓은 시간 동안 어떤 악기도 연주하지 말 것을 지시했다.

우리가 잃어가게 될 그 모든 순간들
—숨기에도 숨기기에도 좋았다

달빛 아래에서 헤엄치고 있었다. 숨기에도 숨기기에도 좋았다. 문장들이 밤의 물결 위를 떠다녔으므로 뒤늦은 말을 받아 적기에도 좋았다. 구름이 맴도는 언저리. 바람이 가리키는 모서리. 나는 피어나는 꽃이 아니라 말라가는 나뭇가지예요. 열린 꽃 안을 들여다보면 오래전 질문들이 자라나고 있었다.

기쁨으로 빛날 때까지

기쁨으로 빛날 때까지

오랜 시간이 지난 뒤에야 너는 네가 시작된 곳으로 다시 돌아가야 한다는 것을 알았다. 헛것을 보았던 두 눈이 문득 밝아오자 묻어두었던 바닥의 깊이가 보이기 시작했고. 죽으면 우리 나란히 같이 묻히자꾸나. 고아로 자라난 네가 누군가를 사랑하는 방식이 오지 않는 시절처럼 눈물겨웠다.

밟고 가는 바닥처럼 아플 때까지

밟고 가는 바닥처럼 아플 때까지

너는 유리병 두 개를 건네고 나무 조각 하나를 받아 왔다. 빛을 삼킨 달이라고 생각하고 받아 온 그것은 누구도 기억하지 못하는 네 자신의 얼굴이었고. 그리하여 이제 너는 가까스로 진실되어 보인다. 그러므로 이제 너는 가까스로 너 자신처럼 보인다. 비유적으로 말하지 않는 것은 사물과 사물 사이의 적당한 거리를 알지 못하기 때문입니다.

　보이지 않는 보이는

　보이는 보이지 않는

　닿을 수 없는 시간의 주름 속에서 흐릿해지는 사람. 응달과 양달을 오가며 꿈속 꿈을 흉내 내는 사람. 한낮의 거리에서 스쳐 간 사람은 기어이 말할 수 없는 사람이다. 끝내 말할 수 없는 사람이어서 결국 지나친 사람이다. 연약한 꽃말은 어디에서부터 시작된 약속인가요. 작은 말들이 큰 말들을 뒤덮고 있어서.

　묻지 않음 굳지 않음

울지 않음 살지 않음

　달빛 아래에서 빛나고 있었다. 물결과 함께 어두워지고 있었
다. 해가 지는 방향을 알지 못했으므로 숨기에도 숨기기에도 좋
았다. 이제야 서로를 이해할 수 있어서 비로소 서로를 떠날 수 있
게 되었다. 하나둘 떨어져 내리며 꽃잎이 흔적을 남기고 있었다.
너는 나무 조각 위에 새겨진 문장을 낮은 소리로 읽어 내려갔다.

수상후보작

김기택

오지 않은 슬픔이 들여다보고 있을 때 외

1957년 경기 안양 출생.
1989년『한국일보』등단.
시집『태아의 잠』『바늘구멍 속의 폭풍』『사무원』『소』
『껌』『갈라진다 갈라진다』『울음소리만 놔두고 개는 어디로 갔나』등.
〈김수영문학상〉〈현대문학상〉〈이수문학상〉〈미당문학상〉등 수상.

오지 않은 슬픔이 들여다보고 있을 때

급히,
멈춘 전동 휠체어가
갑자기 나타난 계단 내리막길을 쳐다보고 있다

어떻게 내려갈까
눈과 목이
계단과 휠체어 바퀴를 번갈아 살펴보고 있다

내려갈 생각을 하기도 전에
심장은 엉덩이에서 쿵쾅쿵쾅 흔들린다
아직 내려가지 않았는데도
머리통과 팔다리는 벌써 굴러가다 넘어지고 있다
계단 모서리에서 미리 튕겨 나간 숨소리는
불규칙한 직각이다

벌떡
일어나 뚜벅뚜벅 걸어 내려가는 발이 보이는
평범한 계단 길
둥근

발바닥이 굴러 내려가려 하면
경사는 가팔라지고 직각은 날카로워지는
울퉁불퉁 계단 길

계단 지름길을 앞에 두고 되돌아가는 동안
바퀴 소리가
통, 통, 통,
가보지 못한 길을 저 홀로 내려가고 있다

계단 길을 내려다보는 눈은 그 자리에 두고
돌고 돌아서 온
평탄한 길
고르지 못한 노면이 가끔 심장을 툭, 툭, 친다

아기는 엄마라는 발음으로 운다

울음이 입을 열 때마다
엄마가 동그랗게 새겨지는 입술
엄에 닫혔다가 마에 열려서
울 때마다 저절로 나오는 말 엄마

아기가 태어날 때
아기 울음과 함께 태어난 말 엄마
첫울음에서 나온 첫말 엄마
입보다 먼저 울음이 배운 말 엄마
아무리 크게 울어도
발음이 뭉개지지 않는 말 엄마

울음에 깊이 빠져 있을 때
아기는 엄마가 있는 곳을 아는 것 같다
엄마 찾는 길을 아는 것 같다
지치지 않고 나오는 울음을 다 뒤져서
나기 전부터 제 몸에 새겨진
엄마를 찾아내는 것 같다

울음이 몸을 다 차지하면
아기는 노래하며 노는 것 같다
엄마 심장소리를 타고 노는 것 같다

우는 동안은 신났다가도
울음이 그치면 아기는 시무룩해지고
엄마라는 말만 입술에 덩그러니 남는다
울음이 더 남아 있다고
딸꾹질이 자꾸 목구멍을 들이받는다

앉아 있는 사람

온몸이 엉덩이로 몰려와 의자 속으로 들어간다. 의자에도 심장이 뛰는 몸무게가 생긴다.

의자는 제 몸을 움푹하게 파서 엉덩이를 품는다. 제 속에 엉덩이를 심는다.

머리통 무게는 엉덩이에서 배분되어 두 다리와 네 다리로 뻗어가고 있다.

의자는 몸무게를 안고 축 늘어진 팔과 등받이에 기댄 등뼈와 지친 숨소리를 흡수하고 있다.

엉덩이가 의자 속으로 다 스며들어서 두 다리는 일어나고 싶지 않다. 의자 다리처럼 일어날 수가 없다.

의자는 반쯤 엉덩이가 되어서 엉덩이를 놓아주고 싶지 않다. 놓아주면 엉덩이가 뜯어질 것 같다.

발바닥은 감촉을 잃고 눈으로 올라가 창밖이 되고 뇌로 올라가 지붕 밖 생각이 되어 있다.

엉덩이는 의자를 구두처럼 신고 마룻바닥을 뚫고 내려가 땅을 밟고 있다.

엉덩이는 뿌리를 내리고 가슴과 머리는 의자를 뚫고 돋아나
있다.

깜빡했어요

저런 저런, 저는 그런 줄도 모르고 있었어요.
하마터면 큰 실수할 뻔했네요.
제가 요즘 이렇다니까요. 도대체 뭘 하고 사는 건지.
그것도 모르고 있는 사이에

어어, 냄비가 넘치고 있어요, 아니, 그 사람이
제멋대로 넘쳐, 탁자 바닥이, 잠깐만,
넘치는 물부터 잠글게요.

미안해요, 통화하느라 깜빡했어요.
물이 넘치는데도 정수기가 그것도 모르고 있었네요.

전 이런 일이 터질 걸 다 알고 있었어요.
그때 제가 그랬잖아요, 그 사람이,
잠깐만요, 지금 마룻바닥으로 흘러내리고 있어요.

이건 저만 알고 아직 아무도 모르는 얘기인데요,
절대로 냄비 밖으로 새 나가면 안 돼요.
안 보이는 구석이나 틈으로 흘러들어 가면

곰팡이나 바퀴벌레나 날벌레에게 퍼질 수도 있어요.

이건 당신한테만 하는 얘기니까 안 들은 걸로 해주세요.
지금 닦고 있는 중이니까요.
냉장고 밑으로 흘러들어 간 말까지 다 닦고 있어요.

깜빡했어요, 통화 중에는 말을 흘리지 말아야 한다는 걸.
입을 조금만 더 크게 벌려보세요.
걸레로 닦아야 해요, 이빨 사이랑 사랑니 안쪽까지도요.
어제 빨아서 입보다는 깨끗해요.

하지 말았어야 할 말이 이렇게나 많은지 몰랐어요.
그렇다고 넘치기까지 할 건 뭐예요.
당신한테만 얘기했는데도 벌써 마룻바닥이 흥건해요.

깜빡했어요, 제가 그런 게 아니고
그 사람이, 정수기가, 물이, 아니 말이.
네네, 걱정 마세요, 지금 입에 주워 담고 있는 중이에요.

머리가 목에 붙어 있는 일에 대하여

몸통에서 자꾸 달아나는 머리를 목이 꽉 붙잡아줘서 다행이야
꼼짝 못 하게 가슴에 붙박아놓지는 않고
얼마든지 달아나보라고
좌우로 위아래로 머리를 맘껏 돌리게 해줘서 다행이야
여기저기 기웃거리게 해줘서 다행이야
목 위로 솟구쳐 올라 둥글게 퍼지는 머릿속에는
방사형으로 달아나는 무늬들이 가지를 뻗고 있을 거야
거기서 계속 생겨나고 있는 말과 생각을
목이 든든한 줄기로 지탱해줘서 참 다행이야
다행이라면 다행이고 다행이 아니라도 어쩔 수는 없지만
언젠가 머리는 몸통에서 달아날 수 없다는 생각이 들지 않을까
그러면 목이 점점 짧아지지 않을까
달아날 생각이 싹 사라지면
머리는 접시 위의 과일처럼 고즈넉하게 가슴에 담기겠지
한때는 담 넘어 산 너머 바라보다가
평생 오지 않을 것을 기다리다가 목이 길어졌지만
나이 들면 옆도 뒤도 궁금한 게 없어서 목이 필요 없어질 거야
무슨 말을 듣건 끔벅끔벅
끄떡거리는 것인지 도리질하는 것인지 그저 끔벅끔벅

머리통이 목 위에서 놀지 않아

까불대다 굴러떨어질 일이 없으니 참 다행이야

입만은 늙지 않아 무엇이건 닥치는 대로 먹고 떠들어도

목구멍은 남아서 다 받아주니까 다행이야

먹은 것들이 읽은 것처럼 머리에 쌓이지 않아 다행이야

떠든 것들이 배설한 것처럼 국물과 건더기를 남기지 않아 다행

이야

너무

너와 무 사이에
10분의 1초 100분의 1초라도 틈이 생길까봐
시간이 낭비되고 문장이 늘어질까봐
넘 좋아, 넘 싫어, 줄여 말하는 세상인데

너와 무 사이의 드넓은 시공간과 넘치는 자원이 아까워서일까
그 노다지가 버려지는 걸 참을 수 없어서일까
그는 싫다는 말이든 좋다는 말이든 뭔가 당기는 말 앞에는
너어—무,
살면서 못다 내지른 이 비명 같은 한숨을 붙이고야 만다
말에 피가 돌고 살이 붙고 체중이 실리려면
그다음 말이 계속 달려 나갈 기운을 받으려면
숨넘어갈 것 같고 숨 끊어질 것 같은 이 숨말을 붙여주어야 한
다

대화가 조금이라도 늘어질 기미가 보이면 재빨리 너어—무
듣는 이의 눈빛이 시큰둥해지기 전에 얼른 너어—무
꼴 보기 싫은 놈 면상이 더 흉측하게 망가지도록 너어—무
신바람이 지치지 않고 수다에 풀무질하도록 너어—무

너어—에서 지나치게 멀리 나갔다가 허파가 폭발하기 직전에, 무!

목구멍 진동이 사타구니를 거쳐 발가락까지 돌아서 나오도록 너어—무

답답한 숨통과 내장을 시원하게 긁으며 너어—무

너어—에 깊이 내려가 미궁을 헤매다가 막힌 숨을 내뿜고 나오며, 무—

너어-를 길게 끌다가 가슴 바람이 눈물주머니 한숨을 몰고 오기 직전에, 무!

들었다 났다 인생이 한바탕 뒤집히도록 너어—무

콧바람에서 생동하는 우주 기운이 뻗치도록 너어—무

한 말 또 하기에 지친 수다의 맥을 아슬아슬하게 살려놓으며 너무너무너어—무

강아지는 산책을 좋아한다

산책로 여기저기에 코를 들이대다가
수상한 구석과 풍부한 그늘을 콧구멍으로 낱낱이 핥다가
팔이 잡아끄는 목줄을 거스르며
냄새 속의 냄새 속의 냄새 속으로 빠져들다가
애기야, 어서 가자, 안 가면 코만 떼어놓고 간다
엄마가 사정해도 꿈쩍도 하지 않고 코를 박고 있다가

냄새에 붙들려 코가 빠져나오지 못하고 있다
목줄이 아무리 세게 목을 잡아당겨도
냄새에 깊이 박힌 코는 뽑혀 나오지 않는다

콧구멍으로 이어진 모든 길을 거칠게 휘젓는 냄새에
코가 꿰어 끌려들어 간다
수천수만의 코와 꼬리가 뛰어다닐 것 같은 곳으로
이름과 표정과 살아온 내력과 가계와 전생까지
한 냄새로 다 투시하는 코들이 있을 것 같은 곳으로
냄새를 향해 뻗어 내려간 뿌리들의 끝이 보일 것 같은 곳으로
네 발바닥 질질 끌리며 끌려들어 간다

냄새는 점점 커지고 사나워진다
좁은 틈으로 수축했다가 동굴처럼 늘어나는 기다란 구멍이
벌름거리는 콧구멍을 삼키고
콧구멍에 매달린 머리통과 몸통까지 다 삼켜버릴 기세다
어디까지 들어갔는지 몸통은 보이지 않고
남아 있는 꼬리만 풀잎 사이에서 살랑거리고 있다

도와주세요! 냄새에 물린 우리 애기 코 좀 빼주세요!

김승일

2차원의 악마 외

1987년 경기 과천 출생.
2009년 『현대문학』 등단.
시집 『에듀케이션』 『여기까지 인용하세요』.

2.차원의 악마

하늘에 계신 우리 아버지
그림이 되고 싶어 하네

다들 그림이 되고 싶어 한다는 것은 내가 완벽하게 이해한다고 말할 수 있는 몇 안 되는 것들 중에 하나.

그림이 되고 싶어 하지 않는 것처럼 보이는 것들도 있지. 가을비나 돌멩이처럼. 돌아서서 다시 생각해보면. 그것들도 역시 그림이 되고 싶어 하네. 어떤 것들은 외로워서 그림이 되고 싶어 한대. 가을비는 외롭지 않지만. 그림이 되고 싶어 하네. 웃긴 걸까 슬픈 걸까. 그림이 되고 싶다는 것은.

네 옆에 앉아 있다가. 너는 그림이 되기를 원하지 않는 것 같다고 생각했어. 모든 것이 그림이 되고자 하는데. 너만 제외해도 되는 것일까. 고민하다가. 고양이가 특별한 대우를 바란다는 것을 깨달았다. 사랑하니까. 마주칠 때마다 네게 고백하니까. 특별하게 대우하는 것은 어렵지 않지만.

네가 그림이 되기를 원하지 않는 이유는 사랑 때문이 아니야. 어디에나 사랑이란 단어로 덧칠하는 건. 내가 마음에 들어 하지 않는다고 말할 수 있는 몇 안 되는 것들 중에 하나.

그리고 누군가가 책에 그려놓은 악마. 나 때문이 아니야. 너희
가 그림이 되고 싶어 하는 것은. 나 때문이 아니야.
그렇게 말하고 있는 것만 같은.

나 때문이 아니야.
네가 누군데?

가을비.

항상 조금 추운 극장

고양이와 함께 산 다음부터 고양이 얘기 아니면 할 얘기가 없게 됐어요 앞으로 남은 평생 고양이 얘기만 해도 되냐고 신에게 물었어요 그러지 말라네요 내가 고양이도 아닌데 당신은 어떻게 나를 좋아했나요 아직도 좋아하나요 극장에서 좀비 영화를 봤는데 좀비로 분장한 당신을 발견했어요 확실히 당신이었어요 표를 새로 끊고 극장에 앉아서 당신이 또 지나갈 때까지 기다렸어요 잠깐만 나오더군요 당신이 나를 좋아했을 때 당신은 만나는 사람이 있었죠 곧 헤어지겠다고 하고서는 헤어지는 것을 힘들어했죠 당신이 빨리 헤어지길 바랐어요 세월이 아주 많이 흘러서도 당신이 미웠어요 당신이 인간이라 그랬나 봐요 당신이 고양이라면 만나는 사람이 있든 말든 무슨 상관이었을까 오늘 극장에서 당신을 봤을 때는 밉지 않았어요 내일 또 당신을 보러 극장에 갈 심산이에요 신이시여 잘했지요 고양이 얘기로 시작하긴 했지만 고양이 얘기가 아닌 얘기를 했잖아요 옛날에 알았던 사람들이 전부 영화에 나왔으면 좋겠어요 좀비로요 극장은 항상 조금 추워요 세상의 계절은 항상 환절기고요 신에게 묻고 싶어요 좀비는 환절기에 민감한가요? 그렇다면 그렇지 않게, 그렇지 않다면 계속 그렇지 않게 도와주세요 그들은 아파도 얼마나 아픈지 말하지 못해요 눈물도 없고 가질 수 없고

너무 오래 있었던 세계

　세계는 침묵으로도 말하지 않습니다. 세계는 오래 있었습니다. 해일, 지진, 작은 벌레의 고통, 화강암의 따스함이나 차가움, 우리가 지금 나누고 있는 이 대화도 세계에게는 표현이 아닙니다. 우리는 세계의 입이 아니라 세계의 생각입니다. 세계는 생각을 하지 않습니다. 우리는 세계가 생각하지 않은 생각이고 세계는 너무 오래 있었습니다. 나는 사람들이 많은 곳에 가는 것을 꺼리는 편이지만. 만약 사람들이 어딘가에 셀 수 없을 만큼 많이 모여서 세계가 불쌍하다, 세계가 불쌍하다. 한목소리로 소리치는 모임이 있다면 꼭 참여하고 싶습니다. 세계가 망할 것이기 때문에. 우리가 죽을 것이기 때문에 모여서 소리치는 모임이 아니라. 그냥 세계가 너무 오래 있었기 때문에. 그 사실이 불쌍해서 미치겠는 사람들의 모임에 꼭 참여하겠습니다. 아무리 수많은 입들이 떠들고 외쳐도. 지나가던 고양이와 개들도 한데 모여 한마음 한뜻으로 비명을 질러도. 어떤 것도 세계의 표현은 아니라는 것을. 그 모임에서 다시 한 번 되뇌고 싶습니다. 세계가 겪는 슬픔에 조금 다가가기 위해서요. 세계는 슬픔과는 아무 상관없습니다만.

그들은 웃지 않는다

처음에 나는 복화술사가 되고자 했다. 왼손에 착용한 인형으로는 아는 것에 대해서만 말하고, 오른손 인형으로는 모르는 것만 말하고자 했다. 나는 알고 지내는 사람이 많았으므로, 매일 약속이 있었고, 매일 무대가 바뀌었고, 수많은 사람들에게 복화술을 보여주었다. 알고 지내는 사람이 줄어들게 되자 나는 가급적이면 왼손을 주머니에 넣고자 했는데, 왼손이 자꾸만 자기가 늙었다고 말했기 때문이다. 다들 배신자라고. 알던 사람이 죽었다고. 두통이 심하다고. 살이 쪘다고. 살이 더 쪘다고. 살이 너무 많이 쪘다고. 눕고 싶다고. 자도 자도 피곤하다고. 오른손은 말했다. 아픈 사람. 오른손은 말했다. 돌멩이. 오른손은 말했다. 피 흘리지 않는 석양 녘. 오른손은 말했다. 상자 속의 고양이. 오른손은 말했다. 외로움. 왼손에게도 오른손에게도 여행이 필요하다는 것을 나는 이해하고 있었다. 천문대에서 배신자라고 말하면, 폐병원에서 배신자라고 말하면, 신년 행사가 벌어지고 있는 뉴욕 시내에서 돌멩이를 발음하면, 울릉도에서 돌멩이를 발음하면.

다르니까.

그렇지만 나는 여러 가지 이유로 여행을 다닐 엄두가 나지 않았는데. 그래서 나를 데리고 다닐 누군가가 필요했다. 갑자기 여행을 가자고 말해주는 친구. 집이 너무 넓어서. 그의 집에 놀러 가기만 해도 거기가 여행지처럼 느껴지는. 정원이, 수영장이, 옥상이, 마음이, 헤아릴 수 없이 넓어서. 그 친구와 함께 있으면 내가 여행 중이라고 착각할 수 있는. 안온한 친구. 그런 친구가 내게도 있었지. 그 친구도 늙었어. 살이 쪘어. 살이 너무 많이 쪘어. 죽었어. 배신자. 나는 두통이 심하여, 두통이 심한 왼손을 자르고 싶었다. 오른손이 말했다.

외로움.

나는 복화술사를 그만두었다. 대신에 나는 복화술사 조각상을 하나 구입하였고, 안온한 친구 조각상을 하나 구입하였다. 들고 다니기가 거추장스러웠다. 그래서 나는 종이와 펜과 접착용 테이프를 대량으로 구입하였다. 항상 그것들을 들고 다니다가, 손이 달린 조각상이 보이면 종이에 단어를 써서 접착용 테이프로 붙였다. 왼손에는 아는 것만 말하는 왼손. 오른손에는 모르는 것만 말하는 오른손. 그 옆의 조각상에는 안온한 친구.

내가 떠나고 얼마 안 있어서, 아마도 누군가가 내가 붙인 것을 떼었을 것이다. 그래서 나는 스텐실로 그라피티를 하고 다닐까 생각했다. 유명해지면 좋을 텐데. 지우지도 떼지도 않게. 지우지도 떼지도 않게. 오른손이 어디선가 되뇌도록. 왼손이 죽지 않고 계속 늙도록. 안온한 친구와 함께. 오른손은 모른다. 정말이다.

복화술사의 안온한 친구

복화술사의 친구는 정원에 있다. 정원은 안온하다. 정원은 그의 것이다. 나는 그의 정원에 침입하였다. 복화술사의 친구는 집이다. 나는 그의 거실 소파에 누워 시를 고민한다. 거실은 안온하다. 내가 부모와 살았던 집에도 거실이 있었다. 그것도 아주 넓은 거실이. 햇살이 잘 들어오는 창문이. 햇살을 은은하게 만드는, 서늘하게 만드는 블라인드가. 그러나 거기에는 부모가 있었기 때문에, 부모가 매일 귀가하였기 때문에, 부모의 집 거실은 안온하지 않았다. 복화술사의 친구는 거의 외출하지 않는다. 함께 있는데도 그 집이 평화롭게 느껴지는 이유는. 그 집이 넓기 때문인가? 내가 침입하였기 때문인가? 침입할 수 있는 곳은 많지 않다. 침입하여 죽치고 살 수 있는 곳은 많지 않다. 누군가의 집에 침입하면 보통 문제가 생기지만, 복화술사의 친구의 집에서는 내게 문제가 생기지 않는다. 오로지 복화술사의 친구에게만 문제가 생긴다. 그러나 그의 문제는 그의 문제이고. 곧 그가 내게 언제 나갈 것이냐고, 너무 오래 있지 않았느냐고 물을 것 같은데. 이미 물었던가? 그의 거실은 여전히 안온하고. 그래서 나는 그에게 복화술사의 안온한 친구라고 이름을 붙여주었다. 복화술사는 자신의 안온한 친구와 여행을 떠나고 싶어 한다. 그러나 안온한 친구는 여행을 별로 좋아하지 않는다. 복화술사와 그의 안온한 친구가 여행을 갔으면 좋겠다. 그러면 나는 이 거실에서 혼자 안온할 것이다. 여행을 떠난다면, 복화술사는 여러 장소에서 색다른 느낌으로 공연을 할 것이다. 무대가 공연에 미치는 영향은 무지막지한 것이니까. 복화술사는 한쪽 손(손이 아니라 얼굴이다)으로는 아는 것을 말하고, 다른 한쪽 손(이 역시 얼굴이다)으로는 모르는 것을 말한다. 색다른 느낌으로. 다른 곳에서. 안온한 친구가 데려간 곳에서. 그러나 안온한 친구는 오늘 복화술사를 어디로도 데려가지 않았다. 예전엔 데려가곤 했다. 그렇게 자주는 아니었지만. 그래도 여러 장소를. 안온한 친구는 안온하게 만들었고 복화술사의 손들은(편의상 손으로) 색다름을 느꼈다.

추모 도서 출간 파티

　조금 유명했던 사람이 마흔둘에 죽어서 그를 알던 사람들이 안타까워하였다 그를 모르던 사람들도 그가 마흔둘에 죽었다는 소식을 어디선가 듣고 그가 어떤 사람이었는지 궁금해하였다 그 사람과 친분이 있던 사람들이 주도하여 그 사람의 인생에 대한 글을 여러 사람에게 받아 추모 도서를 냈다 그 책의 출간 파티가 있었다 그가 죽었을 시기에 한국은 코로나19 전염병으로 인해 상점이 저녁 열 시까지만 열었고 5인 이상 집합 제한이었고 집필에 참여한 사람들이 다섯 명이 넘어서 5인 이상 모이긴 했지만 테이블을 구분하여 떨어져 앉았고 평균 맥주 두 잔씩을 마시고 집으로 돌아들 갔으며 코로나19 이전에는 출간 파티가 열리면 새벽까지 술을 마시고 집에 돌아갈 때 길에서 택시 기다리는 것도 일이었는데 이렇게 열 시에 헤어지니 좋네 대부분의 사람들이 나와 같은 생각을 했다 어떻게 아냐면

　시간이 흘러

　추모 도서가 절판이 되고 그때 출간 파티에 있었던 사람들에게 물어보았다 그날 열 시 전에 헤어져야만 해서 어땠냐고
　참 깔끔한 행사였다고 말하는 사람도 있고 일찍 헤어져서 아쉬

웠지만
　　그래도 일찍 헤어져서 집에 가서 누워서 추모 도서를 읽으며
그를 추모하며 꺼이꺼이 울었다는 사람이 있었고
　　조금 울었다는 사람도 있었다
　　사랑하는 내 남편 당신의 추모 도서 출간 파티는
　　산뜻하게 기억되고 있어요

　　좋죠

잘됐네

1막

시골길. 병원 침대 위에 연명장치를 착용한 누군가가 누워 있다.

매미 소리.

에스트라공 등장. 종종걸음으로 침대에 다가서서 심전도 모니터를 살핀다.

에스트라공 : 아직 살아 있구나! 축하해! 잘했어. 정말 잘했어. 정말. 쉽지 않았을 텐데. 잘했어. 정말 잘했어.

에스트라공, 운다.

에스트라공 : (목소리를 변조하여) 운이 좋았을 뿐이야. (사이) (변조하지 않은 목소리로) 운이 좋았구나. (사이) 축하해! 운이 좋기도 쉽지 않지. 앞으로도 계속 운이 좋기를! (웃으며) 운이 좋기를! (더 크게 웃으며) 운이 좋기를! 어때? 웃긴 말 같아? (목소리 변조하여) 아니, 아직 웃긴지 안 웃긴지 모르겠어. (사이) 슬픈

건지 웃긴 건지 모르겠어 아직. (변조하지 않은 목소리로) 아직
은? (사이) 어떤 시인이 상을 받아서 시상식이 끝나고 술집에 사
람들이 모였거든. 처음 건배를 할 때 내가 시를 하나 낭송해줬지.
참고로 내가 외우고 있는 시는 이 시가 유일해. (시를 낭송한다)

「꽃다발」*

축하해

잘해봐

이 소리가 비난으로 들리지 않을 때

누군가 꽃다발을 묶을 때

천천히 풀 때

아무도 비명을 지르거나 울지 않을 때

그랬다 해도 내가 듣지 못할 때

나는 길을 걸었다

철저히 보호되는 구역이었고 짐승들 다니라고 조성해놓은 길이었다

에스트라공 : 그러곤 건배를 할 때마다 내가 외쳤어. (비아냥 섞인 목소리로) 축하해. 잘해봐. (더 크게) 축하해! 잘해봐! (사이) 축하해! 잘해봐! (웃으며) 이 소리가 비난으로 들리지 않을 때까지 계속 이 말을 반복할 거야. 축하해. 잘해봐. 어때? 아직 비난으로 들려? 그러면 안 되는데. (사이) 축하해. 잘해봐. 축하해. 잘해봐. 축하해. 잘해봐. (목소리를 변조하여) 집어치워. (변조하지 않은 목소리로) 축하해. 잘해봐. 축하해. 잘해봐. (목소리를 변조하여) 집어치우라니까!

침묵

에스트라공 : 그날 그 술집에서는 다들 웃었는데. (사이) 아직 모르겠어? 웃긴지 안 웃긴지, 슬픈 건지 웃긴 건지 아직은 모르겠어? (목소리를 변조하여) 모르겠는데. (변조하지 않은 목소리로) 그럼 내가 설명해주지. (사이) 누군가에게 좋은 일이 생기면 말이야. 불행한 일도 생기지만. 좋은 일이…… 생기곤 하는데…… 좋은 일이…… (화를 내며) 제대로 설명하려면 책 한 권은 나오겠

다! (변조하여) 무슨 책? (변조하지 않고) 그 점에 대한 제 입장은 제 책『기계 용지』에 더 잘 설명되어 있습니다. (변조하여) 무슨 입장? (변조하지 않고) 저는『우편엽서』에서 그 기묘한 장면을 조금은 잔인한 방식으로 기술하였습니다. (변조하여) 그 책을 내가 미처 읽어보지 못했구나. (변조하지 않고) 저는 그 주제를『타자의 단일 언어』에서 더 잘 설명했습니다. (사이) 그리고 그런 방향으로 많은 글을 썼습니다. 특히『다른 곳』에서 말입니다.

에스트라공, 운다.

에스트라공 : (변조하여) 왜 울고 있어? (변조하지 않고 울면서) 아무도 내 책을 안 읽은 것 같아. 내가 아직 죽지도 않았는데. (변조하여) 그래도 도서관엔 꽂혀 있겠지. (변조하지 않고) 도서관? (변조하여) 그래 제출본으로. (변조하지 않고, 흥분해서) 도서관! (사이) 아! 나 며칠 전에 도서관에서 유명한 영화감독을 봤어! 그 표정이 지독히 오만한 사람이 네가 쓴 책을 유심히 살펴보는 거야. 그러다 고개를 막 끄덕이더니. (사이) 네 책을 빌려가더라니깐? 축하해! 정말 잘됐지? (변조하여) 서점도 아니고 고작 도서관에 책을 빌린 게 뭐 대수라고. (변조하지 않고) 아직도 독

자가 남아 있는 거잖아. 그것도 유명한 영화감독이! (변조하여) 아직도? (변조하지 않고) 축하해! 잘했어. 정말 잘했어. 정말. 쉽지 않은 일인데. 부럽다 정말! 좋은 일이지? 축하해! 잘해봐! (사이) 축하해!

　침묵

　에스트라공 : 축하해! (사이) 너무 행복해!

　침묵

　에스트라공, 종종걸음으로 침대에 다가서서 심전도 모니터를 살핀다.

　에스트라공 : 아직 살아 있구나. (사이) 여기선 내가 슬픈지 행복한지 모르겠어.

　막이 내린다.

사이

에스트라공이 막 사이로 얼굴을 내민다.

에스트라공 : 축하해!

2막

같은 장소.

귀뚜라미 소리.

에스트라공 등장. 탭댄스를 추며 무대를 이리저리 돌아다니기
시작한다. 별안간 멈춰 선다. 목청을 높여 노래를 부르기 시작한다.

에스트라공 : 복권에 당첨되었네……

음정이 맞지 않았기에 기침을 하고 다시 노래를 부른다.

에스트라공 : 복권에 당첨되었네. 무려 4등에
당첨금을 받으려고 길을 나섰지.
길에서 아는 사람을 만났네

안녕하쇼. 오늘 저는 4등입니다.

잘됐네요. 저는 요즘 사는 게 너무 좋아요.
멋진 사람이 제게 매일 사랑한다고 말한답니다.
저도 매일 사랑한다고 말한답니다.

에스트라공은 노래를 멈추고 생각에 잠기더니 다시 시작한다.

에스트라공 : 축하합니다! 축하합니다! 축하합니다!
고마워요! 고마워요! 고마워요!
길에서 아는 사람을 만났네
안녕하세요. 4등에 당첨되었습니다.

잘됐네. 나는 오늘 합격 통보를 받았어요.
회사가 나를 필요로 한다네요.

월급을 준다네요. 내일부터 나오라네요.

축하합니다! 축하합니다! 축하합니다!
고마워요! 고마워요! 고마워요!

노래를 멈춘다.

에스트라공 : 길에서 아는 사람을 만났네!
안녕하세요! 복권 4등에 당첨되었습니다.

노래를 멈춘다.

에스트라공 : 길에서 아는 사람을 만났네!

노래를 멈춘다.

에스트라공 : 복권에 당첨되었습니다. 4등입니다!

에스트라공 무대를 이리저리 왔다 갔다 한다. 왔다 갔다 한다.

멀리서 누가 오는지 살핀다. 왔다 갔다 한다. 종종걸음으로 침대
에 다가서서 심전도 모니터를 살핀다.

에스트라공 : 아직 살아 있구나! 축하합니다! 축하합니다! 축하
합니다! (사이) 난 오늘 4등이란다! (변조하여) 잘됐네. (변조하
지 않고) 마음껏 축하해도 괜찮아! (변조하여) 잘됐다니까. (변조
하지 않고) '축하해'라고 해봐. (변조하여) 잘됐다. (변조하지 않
고) 축하한다고 해봐. 아직, 축하하지 않더라도. (변조하여) 난 시
키는 대로 하는 거 딱 질색이야. (변조하지 않고) 그건 그렇지.
(침묵) 미안해. (사이) 어쨌든 나는 행복해! 네가 아직 여기 있잖
아! (변조하여) 넌 늘 뭔가를 바라는구나. (변조하지 않고) 여기
있는 게 싫어졌어? (변조하여) 내 생일은 아직 한 달이나 남았는
데. 너는 벌써부터 호들갑을 떨고 있잖아. (변조하지 않고) 아! 생
일! 축하해! 이제 곧 생일이구나!

에스트라공, 운다

에스트라공 : (변조하여) 이제 곧 겨울이다. (변조하지 않고,
눈물을 거두며) 넌 겨울을 좋아하지! 축하해! 이제 곧 겨울이구

나! (변조하여) 매미가 울지 않으니까. (변조하지 않고) 귀뚜라
미도 울지 않고! (변조하여) 너도 덜 울고. (변조하지 않고) 겨울
엔 19시간씩 잠을 자니까. (변조하여) 웃기도 덜 웃고. (변조하지
않고) 고양이는 웃지 않으니까. (변조하여) 고양이는 겨울잠을
자지 않는다. (변조하지 않고) 개구리도 웃지 않으니까. (변조하
여) 왜 웃지를 않지? (변조하지 않고) 자고 있으니까. 지금 막 무
언가가 끝난 것처럼. 곧 무언가가 시작될 것처럼. 나는 짐승들 옆
에서는 살금살금 걷는다. 잠에서 깨지 않도록. 함부로 쓰다듬지
도 않아. 겨울잠에서 깨버리면 큰일이니까. 축하도 속으로 한다.
축하해. 무언가를 하나 끝냈구나. 잘했어. 정말 잘했어. 잘 잔다.
우리 아가. 우리 할머니. 자장자장. 잘도 잔다. (변조하여) 왜 나
한텐 시끄럽게 구는 거야? 손 씻을 때마다 생일 축하 노래를 부
르는 거야? (변조하지 않고) 깨워도 일어나지 않으니까. 혹시 자
고 있는 게 아닐까봐. 혹시 일어나지 않을까봐. (변조하여) 아, 그
렇구나.

막이 내린다.

3막

같은 장소.

심전도 소리.

막이 내린다.

사이

에스트라공이 막 사이로 얼굴을 내민다.

에스트라공 : 축하해!

4막

시골길. 병원 침대 위에 연명장치를 착용한 누군가가 누워 있다. 침대 아래 누군가가 누워 있다.

심전도 소리.

목소리 : 나 아직 자고 있어. 아직 살아 있어.

사이

목소리 : 잘됐네.

사이

목소리 : 축하한다고 해야지.

사이

목소리 : 난 시키는 대로 하는 거 딱 질색이야.

사이

목소리 : 조금 알 것도 같아. (사이) 이게 웃긴 건지 안 웃긴 건지.

사이

목소리 : 잘됐네.

사이

목소리 : 축하한다고 해야지.

막

심전도 소리. 코 고는 소리.

끝

* 김이듬, 「꽃다발」, 『말할 수 없는 애인』, 문학과지성사, 2011.

김언희

밤의 가두리에서 외

1953년 경남 진주 출생.
1989년 『현대시학』 등단.
시집 『트렁크』『말라죽은 앵두나무 아래 잠자는 저 여자』『뜻밖의 대답』
『요즘 우울하십니까』『보고 싶은 오빠』『GG』.
〈청마문학상〉〈박인환문학상〉〈이상시문학상〉〈시와사상문학상〉 등 수상.

밤의 가두리에서

손맛은
무슨

시간이나 죽이고 있는 거요 시간도
나를 죽이고
있고

반쯤 뜯기다 만 통조림 뚜껑처럼 반눈을 뜬 채

정어리를 토막을 쳐
밀복을
낚는 중이오

비몽非夢과 사몽似夢의 가두리에서

이 인간을 토막 내
저 인간을 낚고
있소

나를 토막 쳐

나의 짝
나의 먹이를
낚는 중이오

聖 금요일

1

눈알을
확
파내버렸어야지, 등신아!

확, 파내버린 눈알들이 팥죽 솥에서 펄떡펄떡 끓고 있는 금요일

불에
구운 대파처럼 나에게서 내가 홀러덩 벗겨져 나가는 금요일

그래, 난 비옥한 퇴비 같은 년이야
나만 한 거름도
없어

나만큼 후끈한 년은 다시없을 금요일, 내 나이는 쉰둘이고
내 보지는 끓어 넘쳐요, 내 보지는
용암 같아요*

2

금보다 비싼 걸 똥으로 싸지르는 향유고래의 금요일, 물구나무를 서서 오줌을 갈기는 덤불개의 금요일, 내 오줌으로 나를 침례하는 금요일, *깨물게따로있지, 네년땜에인생좆됐어*, 뒤통수를 맞는 금요일, 너무 깊이 물어, 박힌 이빨이 빠지지 않는 금요일, 동종포식의 금요일, 흐릅흐릅 뱀을 삼키는 돼지 주둥이의 금요일, 콧등치기 면발처럼 돼지 콧등을 후려치는 뱀 꼬리의 금요일, 섞을 수 없는 살은 없어, 우리 모두 다 함께 익어가는 번철 위에서, 지가 저를 겁탈하는 말미잘의 금요일, 내가 나에게서 멀어져 가는 시속 20만 킬로, 그 속도감을 만끽하는 금요일, 진균문眞菌門 자낭균류子囊菌類의 금요일, 1조 개의 포자를 품고 있는

금요일, 聖 유다의
불가항력의
금요일

그래야만 할까, 그래야만 하는
금요일

내가 살아
모두가
죽는

금요일

* Netflix

녹취 A-19

이봐요, 나는 내가 쓰는 이유와 진드기가 지 어미와 교미하는
이유가 같은지 다른지도 모르는 사람이오.

메스꺼워서 쓰는 거요. 내 인생이 제비꽃설탕절임 같아서.
달아도 너무 달아서.

입을 항문으로 썼소, 하나로는 부족해서.

나는 똥을 먹는 부류가 아니오. 내가 똥이오.

중독 장애, 맞소. 그래도 이 약만큼은 못 끊소. 자살 충동에
지속 발기, 이 취향 저격의
부작용 땜에.

그렇소. 음순도 발기한다오. 지속 발기에 시달린다는 말이오.
난 발기한 채 시달리고 싶소, 성난 1인치*로.

재미를 보자면야 껍질 정도는 까져야 하지 않겠소?

불알을 물고 늘어지거나, 창자를 물고 늘어지지 않을 거면, 시라는 게
대체 뭐 하러 있는 거요.

맞소, 모태 식인종. 난 이빨이 허옇게 돋은 채 태어났소. 불두덩이
거뭇한 채 말이오. 배 속에서 어미와 맞담배질을 해댄 덕분에.

우린, 식인종으로 길러지잖소. 집구석에서부터. 근친 가운데 누가
먼저 먹히는지, 누가 누구에게 누구를 먹이는지는
집집마다 케이스 바이 케이스요.

댁의 경우엔 누구였소?

펄쩍 뛰기는…… 지금도 댁은 나를 한 입 한 입 저작하고 있잖소.
똥 씹는 얼굴로.

서로를 물고 빨고 뜯고 씹고 즐기는 게 사람이오. 죽어서나 살아
서나.

사람의 노른자, 사람의 가장 맛있는 부위가 어딜 것 같소?

진짜 식인종은 죽은 뒤에도 산 자의 뇌수를 빼 먹소. 그리곤
산 자의 염장에 푸지게 똥을
싸지른다오.

딸 둘.

콘돔하고 통성명하는 자지 봤소?

우리는 우리를 산 채로 삼켰소. 씹지도 않고. 그리고 우리는 우
리를 누었소. 똥으로. 모래 상자 속에 앞발로 파묻었소. 서로를,
똥으로. 이게 전부요.

섭식과 연애를 동시 동작으로.

자살은 매일 해야 하는 거요. 이따금 한 번으로는 부족한 날도
있소.

까탈스런 미식가로.

식인 직전이나, 직후에. 기분 째질 때.

지미 헨드릭스가 황홀경에 빠져 지 기타와 씹할 때, 누군가가
쏴줬어야 하지
않았소?

*「헤드윅」

초량에서, 언니

　나야, 언니. 초량 차이나타운, 노란 문이야. 나도 처음이었어, 언니 같은 백보지는. 보다 보다 첨이었어. 배양접시 위에서 배양된 티 없는 보지랄까, 터럭도 없고, 냄새도 없고, 표정도 없는 건. 나야, 잡년이지. 태어나기도 전에 이미 맥도날드 패티랄까. 닭 벼슬에 돼지 똥집 갖은 잡색雜色들이 엉겨 붙어, 어느 살이 내 살인지, 어느 넋이 내 넋인지, 나도 잘 몰라, 언니. 이 몸은 유니섹스 프리사이즈. 여자도 입고, 남자도 입고, 개도 입고, 귀신도 입어. 엥기는 맛은 덜해도 질리지는 않는 년, 내 몸엔 발 디딜 데가 없어, 언니. 갖은 잡것들이 마구잡이로 북적거려, 어느 년이 나인지, 어느 구멍이 내 구멍인지 분간조차 안 돼, 언니. 젖꼭지는 또 몇 개나 되는지, 산 것이 빨고 있고, 죽은 것이 빨고 있고, 뚱개해삼 말미잘들이 빨고 있어. 그러고도 펑펑 남아돌아, 젖꼭지는. 언니, 이 세상엔 초량 아닌 데가 없어, 차이나타운 아닌 데가 없어, 내가 아닌 년들이 없어. 목소리가 물에 빠진 년 같지 않아서 아무도 건져주지 않은 년들. 죽은 목구멍에서 말들이 구더기처럼 끓어오르는 년들. 우리 같은 년들에겐 사느냐 죽느냐가 아냐, 언니. 빠느냐 죽느냐지. 묻지도 마, 내가 얼마나 질긴 년인지, 급살조차 나를 게 웠다니까. 구렁이가 삼키다 뱉은 비둘기처럼 반쯤 녹아 회색 죽이 된 나를, 언니. 문고리가 달렸다고 다 문은 아니더라고. 하룻밤에 세 번씩 내가 죽을 때, 니 인생도 이젠 끝이네, 유리창을 핥으며 년들은 킬킬대지만, 끝이고 말고도 없어, 언니. 내겐 인생이 없었어. 내내 없었고, 앞으로도 없을 거야. 인생 없는 생. 자지 없는 자지 빨기. 이게 내 생이야. 그건 그렇고, 언니가 내 몸에 새로 뚫어놓은 구멍, 내 몸에 뚫려 있지만 내 것이라곤 할 수 없는 이 구멍의 용도는, 대체, 뭐지, 언니?

관시串柿

I

백시白柿 혹은
관시란
껍질을 벗겨서 꼬챙이에 꿰어 말린 감을 칭하는 말

껍질을 벗겨서 꼬챙이에 꿰어 말린 여자는 그럼

뭐라고 칭해야
하지?

II

시작도 하기 전에 끝을 기다리는 게 어디 섹스뿐이겠어

나에겐 좆같이 짧아서 목을 맬 수조차 없는
목줄이
있어

세 치 혓바닥이!

입이, 원수야
나는

III

떡 주물 듯 주물던 걸 더는
못 주물게 된 것
뿐이오

그렇다고 떡이 어딜, 가겠소?

그림의 떡이야말로
더욱
떡

……아니오?

IV

보지라는 말속에는 우주가 담겨 있어요
앞으로 보지는 뭐가 될까요
초신성처럼 폭발할까요
아니면 블랙홀이 되어 우릴 모두 빨아들일까요*

됐고, 준치!

그냥 말해
그래서 누구의 좆을 빨아야 한다는 거야

말해 그냥
대롱에 좆 낀 놈마냥 낑낑대지 말고

V

정수리가
팝콘처럼 터져 나갈 것 같다 폭소의 충동 때문에

참다 참다 폭사할지도 모른다 배 속에 찬
방귀 때문에 폭사하는
댈후지**처럼

폭소는,

포효의
대체물이다

* Netflix,「욕의 품격」
** 새의 일종

Endless Jazz

　―나에게도양심같은게필요할날이올줄은몰랐어탈부착이용이
한방탄조끼같은게

　―왕년의38광땡년칼리오페야몸집이커다랗고소리가걸쭉하고
겁대가리없는압축공기오르간년회전목마용이라고

　―귀가아니라거시기를잘라보냈다면어땠을까……고흐의거시
기가잘린자화상

　―이세상에신아닌자없어우린저마다신이야우릴건드릴수있는
건아무것도없어나는나를위해나에게기도해*

　―쌍절곤이다뭐냐?자지하나세워볼여력도없으면서

　―방문을열면껌껌한방안에검은개가앉아있다대가리가천장까
지닿는개가

　―검은똥물의베니스흔들거리며썩어가는악몽의곤돌라요단강
도건너고바늘귀도통과한내가지금왜여기있지?

—섹스중의증오이런순금의증오란결혼에서만채굴할수있는거야

　—이제먹히는건식신食神뿐이야식신의만트라먹방뿐이지오르가
슴저리가라잖아먹방들의리액션

　—사람이한번죽지두번죽냐고?웃기지마한번만죽으면되는죽음
같은건없어죽어봐서알아내가

　—지금나를옴쭉옴쭉삼키고있는게하나님의입일까?똥구멍일까?

　—개혁개혁개와혁그건음경과음낭을따로담는분리형팬티같은거
아닐까?지들끼리상피붙지않도록

　—밥상머리의숟가락살인마를뭐라고부르니,넌?숟가락으로때린
데또때리고또때리고죽고나서도때리는인간을?

　—젓갈다된인생의풍미랄까년은폐부를찌르는구취로폭발적인존
재감을과시하는중이지썩은창자로만든값싼속젓주제에

　—진짜같은건없다홍상수가말했잖아……없다고진짜같은건!

* 미상

버퍼링

먼지가
되고, 벌레가 되고, 먹히지
않겠다고 섭씨 백도의 줄방귀를 뀌어대는
폭탄먼지벌레가 되고, 까진
똥구멍에서
풀풀 흘러나오는 연기가 되고, 진기한
구경거리가 되고, 한 번 보면
잊지 못할 엽기 쇼의
명물, 수염 난
여자가 되고, 슬픔을 공부하는 슬픔*이
되고, 시늉을 공부하는
시늉이 되고,
시늉의 시늉의 시늉의 절정에서 버, 버, 버,
버퍼링이 생기고, 염병
하지 마, 인생에는
가짜 오르가슴으로도 해결할 수 없는 국면이 있는
거야, 국면이 되고, 넌
기교 빼면 시체지,
기교를 뺀

시체가 되고, 시체를 뺀
기교가 되고, 살아본 적 없는 자와
죽어본 적 없는 자, 우리 중 누가 죽어야 진정
내가 주, 주, 주, 죽은 것이
될까…… 버벅거리는
악무한의
버퍼링이 되고, 사후강직이 풀리기 시작하는
혓바닥이 되고, 물곰탕 뚝배기 속의
물곰이 되고, 건드리면
히히히 물 먼지로
풀어지는
물곰이 되고,

* 신형철, 『슬픔을 공부하는 슬픔』

문보영

모르는 게 있을 땐 공항에 가라 외

1992년 제주 출생.
2016년 〈중앙신인문학상〉 등단.
시집 『책기둥』 『배틀그라운드』.
〈김수영문학상〉 수상.

모르는 게 있을 땐 공항에 가라

수업을 듣고 있었는데 교장 선생님이 앞문으로 들어와, 우리 엄마가 아프다고 했다. 나는 조퇴를 하고 당장 엄마를 보러 가야 했다. 그래서 가방을 챙겨 공항으로 갈 채비를 했다. 왜냐하면 공항에는 인포메이션 데스크가 있고, 거기에 가면 엄마가 어디에 있는지 물을 수 있기 때문이었다. *세상의 모든 질문은 거기 가서 하라.* 우리는 모르는 게 생겼을 때, 선생님에게 질문하는 대신 공항에 가라고 배웠다. 선생님은 공항 가는 길을 알려주는 사람이었고, 그것이 그들의 직업이었다. 모르는 것이 있으면 공항에 가라. 선생님은 우리가 이 사실을 잊지 않도록 도와주셨다. 친구들은 내게 무슨 일이 일어났으며, 내가 공항에 가야 한다는 사실을 알았다. 안 좋은 일이 벌어진 것은 질문할 일이 많아졌다는 것과 같았고, 공항으로 가는 길은 멀고 험난하며, 엄마가 아프면 어디로 가야 하는지는 오직 공항 인포메이션 데스크 직원만 알았다. 근 5년간 나는 모르는 게 없었다. 따라서 5년 만에 공항에 가보는 것이었다. 질문할 일이 생긴 아이들이 1년에 한두 명씩 학교를 떠나곤 했는데, 이번엔 내 차례였다. 너무 오랜만이라 초행길이나 다름없었다. 그렇다면 5년 전에는 무슨 일 때문에, 무엇을 물어보기 위해 공항에 갔던가. 그런 건 잘 기억나지 않는 법이다. 한번 아프고 난 뒤에는, 아프기 이전 삶은 마치 전생과 같이 느껴지는

데 그건 행복한 일이 벌어질 때도 마찬가지였다. 그러나 내가 5년 전에 너무 행복해서 공항에 갔는지, 너무 불행해서 공항에 갔는지 기억나지 않았고, 중요한 건 내가 질문을 하기 위해 공항에 간다는 사실이었으며, 질문 자체는 행복도 고통도 아직은 아닌 상태로, 질문은 차라리 감정이 발견되기 이전 단계와 같았다. 나는 하얀 숲을 지나 공항으로 간다. 눈이 펑펑 내렸다. 뒤돌아보니 지나온 나의 발자국이 내 발보다 컸다. 발자국도 자라는 걸까. 아니면, 누가 내 발자국에 자신의 발자국을 덮으며 나를 뒤따라오는 걸까. 내 뒤는 텅 비었다. 그러니 나를 따라오는 것이 있다면 그것은 빈 공간이었는데 나는 어디선가 빈 공간은 누구보다 발자국이 크다고 배운 적이 있다. 그런데 너무 오래전 일이라 어디서 들었는지 기억나지 않았고 그저 눈이 펑펑 내릴 뿐이었다. 나는 걸었다. 가는 길이 정확하진 않았지만 10년이 넘도록 학교에서 배운 것이 오로지 '공항 가는 길'이었으므로 배운 것을 잘 상기하기만 하면 되었다. 모르는 게 생기면 공항에 가라. 그것이 우리가 배운 전부였고, 선생님이 그 이상을 가르치려 했다면 그건 선을 넘는 일일 것이다. 나는 눈 내리는 하얀 숲을 지나 공항으로 가고 있다. 아픈 엄마를 찾기 위해서. 그런데 가방이 너무 무거워서 속도를 내기 어렵고, 오래전에도 엄마가 아팠던 적이 있기 때문에 나는 조급해진다. 나는 훌쩍훌쩍 울기 시작한다. 그러나 걸었다. 머리카락이 자라도록. 저 멀리, 언젠가 한 번 와보았던, 그래서 익숙한, 그러나 너무 오래전이어서 낯선 커다란 건물이 보였다. 냉담한 회색 건물. 사람들은 모두 어디론가 가고 있었다. 공항은 머무르는 사람이 이상한 사람이 되는 곳이었다. 나는 무거운 가방을 메고 인포메이션 데스크로 향했다. 직원이 유리창 너머로 나를 응시했다. 나는 그녀에게 뭔가를 물었고, 그 질문은 나도 알아들을 수 없는 것이었는데 그녀는 알아들었으며, 그녀는 왼쪽 코너를 돌면 복도 끝에 청소 도구함이 나오니 거기서 쉬면 된다고 말했다. 내 질문을 잘못 알아들은 모양이었다. 그래서 나는 다시 물었다. 내가 공항에 온 이유는 아픈 엄마가 어디에 있는지 묻기 위해서라고. 그런데 내 입에서 흘러나온 질문은 영 다른 것이었다. 학교 가는 길을 알려주세요. 그런데 그 질문을 던지자 나의 내면은 모든 임무를 마친 것처럼 평온해졌다. 그녀는 다시 미소 지었고, 자신이 질문을 잘못 알아들었으며 내가 쉴 방을 찾고 있는 줄 알았다고 했다. 그녀는 학교 가는 방법을 친절하게 알려주었다. 나는 고개를 끄덕이며 그녀의 설명을 새겨들었다. 그녀는 다시 미소 지었고, 언젠가 쉬고 싶다면, 아까 말한 복도 끝에 있는 청소 도구함을 이용해도 좋다고, 그곳에는 아무도 오지 않으며, 청소

도구를 사용하는 사람도 없다고, 알다시피 청소라는 건 과거의
유산과 같아서 요즘 시대에는 아무도 청소를 안 하지 않느냐며,
쉬고 싶다면 언제든 그 방을 쓰라고 내게 말했다. 나는 그녀에게
고마움을 표시하고 공항을 떠났다. 나는 다시 하얀 숲 앞에 섰다.
눈이 내렸다. 세상을 재우듯이 눈이 내리고 있었다. 하늘에서 커
다란 이불이 내려와 세상을 덮는 것처럼. 엄마는 어디에선가 아
파하고 있다. 나의 내면은 고요하다. 나의 불안은 조금씩 자라 나
의 선생님이 된다.

소망

아빠와 나룻배를 타고 어디론가 가고 있었다. 우리 뒤로는 다른 무리가 노를 젓고 있었다. 강은 기역 자로 꺾여 있었는데 뒤쪽에 악어가 산다고 했다. 그런데 우리로부터 떨어져 나간 무리가 (혹은 우리가 무리에서 떨어져 나간 것이거나) 악어가 사는 쪽으로 노를 젓기 시작했다. 아빠와 나는 그들을 향해 어서 돌아오라고 소리쳤다. 그러나 그들은 기분이 좋아 보였다. 그들의 세계에서는 악어가 소망을 의미하기 때문이었다. 우리는 그건 미신일 뿐이며, 더 나쁜 건 그건 비유이기 때문에 실제 악어 앞에서는 무력하며, 만에 하나 악어가 행운을 가져다준다 해도 그건 악어와 안전한 거리를 유지한 채 강기슭 따위에서 악어를 바라볼 때나 가능한 일이라고 말했다. 게다가 십분 양보해서, 악어가 정말로 소망 그 자체라 하더라도 소망에 너무 가까이 다가가면 소망에게 잡아먹히거나 물어뜯길 거라고, 아빠는 소리쳤다. 나는 그들 무리가 위험에 처할까 몹시 걱정되었는데 그들은 우리의 걱정과 달리 더욱 사기를 드높이며 악어가 사는 곳으로 노를 저었다. 물살은 넘실거리고, 그들은 우리와 점점 멀어지고, 결국 아빠와 나는 외로이 둘만이 남았다. 아빠는 앞을 보며, 더 이상 뒤돌아보지 말자고, 우리가 할 수 있는 것은 다 했다며 노를 힘껏 저었다. 악어가 소망이라니, 멍청한 자식들…… 아빠는 중얼거렸다. 그런데 우리가 타고 있는 배는 좀 특이해서 바닥에 다리를 끼워 넣을 수 있는 구멍이 네 개 뚫려 있었다. 그래서 그 구멍에 아빠 다리 두 개, 내 다리 두 개를 끼워 넣고, 노를 젓고 다리를 흔들거리며 앞으로 나아갔다. 배가 바지인 것마냥. 실제로 이 마을에서는 배를 탄다, 라는 표현보다 배를 입는다, 라는 표현을 즐겨 사용한다. 우리는 물살에 두 다리를 맡기고 나아갔다. 가끔은 노를 놓아 두 손을 자유롭게 하고, 바닷물에 잠긴 두 다리를 휘젓기도 했다. 그렇다고 배가 앞으로 가는 것은 아니었지만 말이다. 그때 무언가 내 다리를 소름 끼치도록 부드럽게 스치고 갔다. 그것의 움직임은 크림처럼 부드러웠지만 단단하고 강했다. 악어의 등이었다. *악어가 우리에게도 나타났어요!* 나는 조그만 목소리로 아빠에게 이 사실을 알렸다. 그러자 아빠는 미소를 지었다. *나에게도 나타났단다.* 아빠가 말했다. 마침 우리는, 우리를 떠난 무리가 저들끼리 소망을 이룰까 불안한 참이었다.

캐셔

처음 가는 식당에서 토마토오믈렛 한 접시와 오렌지주스를 먹고 나오는데 음식값이 도합 1억 3천만 원이라는 것이다. 카운터를 지키는, 체구가 작고 머리가 곱슬한 캐셔가 나를 올려다보았다. "뭐라고요?" 나는 그에게 물었다. 그러자 캐셔는 내가 가져온 빌지를 훑어보더니 다시 내 쪽으로 보여주었다. "토마토오믈렛이랑 오렌지주스 주문하신 거 맞으시죠?" "맞아요." 나는 대답했다. "1억 3천만 원 맞습니다." 캐셔가 말했다. "장난하세요?" 나는 반문했다. 캐셔는 소란을 원치 않는다는 듯 두 손을 공손히 포개고, 식당이 처음이냐고 물었다. 그것이 마치 예민한 주제인 것마냥 목소리를 낮추며 말이다. 나는 할 말을 잃었다. 식당에 처음 와보냐니. 그럼 내가 평생 집구석에서만 밥을 먹었단 말인가. 그런데 갑자기 집이 아닌 곳에서 식사를 한 기억이 떠오르지 않는 것이다. "그게……." 캐셔는 뭔가를 이해한 것처럼 나의 대답을 기다렸다. 손님들은 냅킨으로 입을 닦으며, 그리고 포크로 스파게티를 돌돌 말며 나를 힐끔거렸다. 그래서 나는 일단 외국인이라고 말했다. "아, 그러시군요!" 캐셔는 내가 외국인이라는 말에 더 깍듯해져서는 카운터의 작은 모니터를 내 쪽으로 돌려 "이 테이블은 2170만 원, 이 테이블은 7억 4천만 원, 이 테이블은 832만 원이에요"라고 말했다. 나는 계산대 구석에 놓인 메뉴판을 펼쳐 내가 주문한 음식과 가격을 손가락으로 짚었다. "토마토오믈렛은 만 2천 원, 오렌지주스는 3천 원이네요." 그러자 캐셔는 어린아이를 보듯 나를 쳐다보았다. 그런데 나는 왠지 그런 취급이 싫지 않았고 심지어 보호받는 기분까지 들었다. "네 맞아요. 다만, 손님. 그런 계산은 과거의 유산과 같아서 지금은 아무도 그런 식의 계산을 하지 않는답니다. 손님은 토마토오믈렛과 오렌지주스를 주문하셨어요. 그런데 그 대신 바질스파게티를 주문할 수도 있었죠. 아니면 크림리소토나 고르곤졸라를 주문할 수도 있었고요." 캐셔는 메뉴판 속 먹음직스러운 음식 사진을 하나씩 짚었다. "게다가" 캐셔가 말을 이었다. "저희 식당이 아니라 다른 식당에서 식사를 할 수도 있었겠죠. 그곳에서 랍스터나 조개구이를 주문할 수도 있었어요. 그것들은 우리 집에서 팔지 않는 음식이죠. 경우의 수는 늘어나는 나뭇가지처럼 무수해요. 수백억, 수천억 개의 별이 모여 은하가 되는 것처럼. 그리고 그런 은하가 우주 어딘가에 또 있는 것처럼요. 그렇게 가능성은 흘러가는 강의 모양이 되지요. 세상의 모든 식당은 당신이 가지 않은 길을 전부 계산해요. 당신이 먹지 않았지만 먹었을 수도 있었을 음식들을요. 우리는 그 모두를 합산한 값을 받죠." "와우! 말씀 잘 들었습니다. 그럼, 전 이만 나가보겠어요." 나는 입구의 나무 손잡이를 잡고 문을 당겼다. 그때,

캐셔가 내 뒤통수에 대고 나지막이 외쳤다. "당신이 가지 않았지만 그 사람들은 음식을 만들고 있거든요." 그러더니 갑자기 머리를 박고 흐느끼는 것이다. "젠장. 나는 우는 사람이 싫어." 나는 뭐라도 해야 할 것 같아서 캐셔에게 다가갔다. 그때, 식사를 마친 한 부부가 카운터로 오더니 나를 흘끗 보고는 보란 듯이 카드를 내밀었다. 캐셔는 앞치마로 눈물을 훔치며 검은 모자를 쓴 여인이 내민 카드를 받았다. "3억 4290만 원입니다." 캐셔는 작은 목소리로, 하지만 나에게도 들리게 말했다. 그리고 여인의 일행인 나비넥타이를 한 신사는 요즘에도 저런 놈이 있냐는 듯 나를 쳐다보았다. 나는 캐셔에게 다가가 달랬다. 그때 깊은 모자를 쓴 여인이 말했다. "당신이 방문하지 않은 그곳을 미래라고 해야 할지 과거라고 해야 할지, 밟지 않고 지나친 현재라고 해야 할지 모르겠지만, 그곳에서 사람들은 당신이 주문할 수도 있었을 음식을 차리고 당신을 기다리고 있답니다. 우리의 세상은 노동에 걸맞은 대가를 지불해요. 당신이 가지 않았고, 당신이 그 음식을 먹지 않았다고 해도 그들에게 노동은 현실이고 전부예요. 그들은 진짜 시간과 힘을 쏟아부으니까요. 우리는 우리가 가지 않은 길에 대해서도 책임을 져야 해요. 그것이 우리 시대의 윤리랍니다. 젊은 친구." 검은 모자의 여인이 내 어깨를 툭툭 쳤다. "그럼, 저들은 자신이 무얼 부담해야 하는지 알면서 음식을 처먹고 있는 거요?" 나는 한쪽 팔꿈치를 카운터에 걸치고 테이블의 손님들을 턱 끝으로 가리켰다. "이분 것도 계산해줘요." 검은 모자의 여인은 고개를 저으며 캐셔에게 카드를 건넸다. 그 바람에 나는 한순간에 보잘것없는 지푸라기가 된 심정이 되었다. 그런데 그 느낌이 꼭 싫지만은 않았고 심지어 보호받는 기분까지 들었다. 큰돈을 가진 사람들이 식당을 나가고 홀은 고요해졌다. 나는 곰 얼굴이 그려진 내 지갑에서 밥값인 만 5천 원을 꺼내 캐셔에게 내밀었다. 그리고 말했다. "난 당신과 당신이 하는 일을 용서할 수 없어." 그러고 이번에는 진짜로 문을 열고 거리로 나왔다. 거리는 황량했다. 주변에는 커다란 광장이 하나 있었고 식당은 하나도 없었다. "이 세상에 식당은 없어. 사람들은 죄다 집에서 밥을 지어 먹지. 그게 이 세상의 룰이라고." 나는 내 말을 믿으며 광장을 휙휙 가로질러 집으로 갔다.

사람을 버리러 가는 수영장

어느 날, 애인과 선베드가 있는 야외 수영장에 갔다. 애인과 나는 모서리에 걸터앉아 두 다리를 물에 적셨다. 그러다 입수하려하자 높은 의자에 앉은 안전 요원이 호루라기를 불며 손을 저었다. 안전에 위배되는 행동이라도 했나 싶어서 우리는 두 다리를 물에서 빼냈다. 그러고는 일어나 준비운동을 하고 수영장 모서리에 있는 철제 사다리로 향했다. 이번에는 안전 요원이 호루라기를 불며 의자에서 내려오더니 우리를 향해 다다다닥 달려왔다. 우리는 비 맞은 생쥐마냥 얼어붙어버렸다. "들어가시면 안 됩니다!" 우리는 그를 올려다보았다. 그는 주황색 반바지를 입고 있었고, 선글라스를 쓰고 있어서 한 명을 보면서 동시에 여러 명을 보는 듯한 느낌을 주었다. "청소 시간인가요?" 애인이 물었다. 그러자 안전 요원은 알 수 없는 표정을 짓더니 희미하게 한숨을 내쉬었다. 그제야 우리는 이 수영장에서 수영을 하는 사람이 한 명도 없다는 사실을 깨달았다. 사람들은 모두 수영복을 입고 있었고, 몸을 닦거나 덮을 커다란 샤워 타월도 갖고 있었다. 다만, 아무도 물속으로 들어가지 않았다. 그들은 그저 물을 구경하고 있었다. "자기야, 내 생각에 이곳은 물을 구경하는 곳 같아." 애인이 말했다. 그게 무슨 소리야? 그런데 애인은 이미 이 상황에 완전히 정신을 빼앗겨버린 듯했다. "저길 봐……." 애인은 수영장 바닥에 보석이라도 떨어져 있는 것처럼, 물속에서 일렁이는 푸른 시멘트 바닥을 바라보고 있었다. "아무것도 없는데?" 애인은 듣고 있지 않았다. 그때 나는 알았다. 뭔가 변해버렸다는 것을. 그렇게 한 시간이 지났다. 나는 피로했다. 애인과 함께 우리의 것도 아닌 바닥을 하염없이 바라보는 일에. 그러나 그의 눈에 보이는 것이 나에게는 보이지 않는다는 사실에 대해 내가 사과해야 할까? "이제, 갈까?" 나는 물었다. "먼저 가." 애인은 수영장 바닥에 시선을 고정한 채 대답했다. "뭐가 보인다는 거야? 그저 평범한 물인데." 애인은 정강이를 끌어안은 채 고개를 조금 숙였다. "물속을 계속 보고 있으면, 땅이 나와. 땅이 나오고…… 땅이 나오고…… 땅이 나와……. 그 땅이 나를 온전히 내버려둬. 상처받을 정도로 가만히." 내가 이런 사람을 사랑했던가? 하지만 나는 애인을 사랑한다. 우리가 싸우고 엘리베이터 앞에 서 있을 때, 조명이 꺼지면 나는 없는 사람처럼 가만히 있는 반면 애인은 손짓을 해 불을 켜는 사람이다. 한마디로 그는 좋은 사람이다. 하지만 좋은 사람도……. 바닥을 보러 온 애인, 그리고 나의 끝은 어디인가. 나는 애인의 바닥이 끝날 때까지 기다렸다. 밤이 되자 우리는 말없이 수영장을 나섰다. 그러나 나는 뭔가 돌이킬 수 없게 되었다는 사실을 알았다. 그날 이후 애인은 걷는 걸 고통스러워했고, 걸음걸이가 조금 달

라졌는데, 그 이유는 그가 물고기인데 사람인 척하고 있기 때문
이었다. 그는 그 사실을 너무 오래 참았던 것이다.

옆구리 극장

내가 이 이야기에서 주목한 부분은 호텔의 구조다. 객실은 마주 보고 있고 복도 끝에 공용 화장실이 있다. 그런데 이 호텔에서 제일 중요한 부분은 영화관이다. 객실과 화장실 사이에는 영화관이 있다. 다음과 같이.

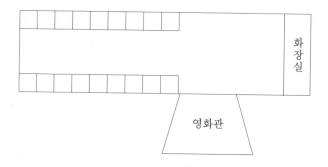

객실에서 나와 복도를 쭉 걸으면 화장실에 나오는데 그 사이에 극장이 있다. 벽의 일부가 무너져 있으며 내려다보면 스크린이 보인다. 누군가 벽을 헐어 영화관을 발굴한 것처럼. 좌석은 돌계단이며 쭉 내려가면 첫 번째 열에 앉아 영화를 시청할 수 있다.

요컨대, 이 호텔에는 객실과 화장실 사이에 텅 빈 복도가 있으며 누구든 극장으로 이탈할 수 있다.

이 호텔에서 화장실과 객실을 오가는 것 외에는 별달리 할 일이 없다. 물론, 복도를 오가다가 종종 영화를 보러 내려갈 수도 있다. 극장은 공포영화만 상영한다. 나는 영화가 너무 무서워서 언제나 끝까지 보지 못하고 나왔다 들어가기를 반복한다. 극장은 아래로 파여 있어서 사람들은 공포영화를 보러 내려갔다가 다시 올라온다. 나는 '너무 무서워'라고 중얼거리며 극장을 나오는데 나오자마자 영화가 정말 재미있었다고 느끼며 복도를 두어 번 거닐다가 다시 내려가 영화를 본다. 이 일을 복도를 살아내면서 반복한다.

어느 날 나는 영화를 보다가 복도 끝에 있는 화장실에 갔는데, 살짝 열린 칸의 한쪽 벽에 피가 잔뜩 묻어 있는 것을 발견했다. 나는 문득 현실이 너무 무서워 극장으로 내려가 공포영화를 시청했다. 진짜 공포에서 가짜 공포로 도망가기. 가짜 공포에서 진짜 공포로 도망가기. 탈출하기 위해 극장으로 내려가면 극장은 삶과 똑같은 공포영화를 상영하고 있다. 하지만

이 호텔에서 복도를 오가는 방향인, 좌우라는 방향은 삶의 방향이며 극장으로 내려가는 방향은 도망의 방향이라고 해석하는

것은 나의 섣부른 판단이다.

　나는 객실로 들어가지 않고 혼자 영화를 본다. 영화가 너무 무서워 극장에서 나오니 복도에 친구가 서 있다. 나는 친구에게 펜과 종이를 달라고 한다. 하지만 나는 이 호텔에 펜과 일기장이 없다는 사실을 알고 있다. 그런데도 나는 계속 찾는 척한다. 나는 일기장에 쓸 말이 있다. 삶의 옆구리에는 극장이 붙어 있어서 원하면 언제든지 극장을 드나들 수 있는데, 극장은 언제나 공포영화만을 상영하고 나는 이 사실이 무척 마음에 든다고. 나는 공포 이야기 안에서 더 내려가 공포영화를 본다. 이 모든 게 마치 공포 주머니 속 공포 주머니 속 공포 주머니처럼 포근한 것이다. 갑자기 친구는 화장실과 정반대로 뛴다. 복도 끝에 처음 보는 창문이 있다. 창문 밖으로 나가면 위태로운 철제 계단이 있는데, 친구는 거기서 내게 손을 흔들었다. 나는 호텔에서 나갈 수 있다는 사실에 공포심을 느끼며 반대편으로 달린다. 복도의 끝을 본다. 어떤 사람들은 공포영화를 보러 내려가고 있고, 누군가는 공포영화를 끝내고 복도로 올라오고 있으며 객실이 없는 사람은 화장실에 산다. 불만 없이 살기 좋은 시절인 것이다.

좋아해버린 옷

　작가 무유는 한 서점에서 책상 전시를 하게 되었다. 무유는 이 전시에서 내 책상이라는 것을 만들어야 하고 그것은 그녀를 드러내는 책상이어야 하지만 서점에 있는 책상은 애초에 그녀의 책상과 다르게 생겼다. 그 사실이 즐거운 무유는 책상 위에 사과 두 알과 거짓말로 쓴 일기장, 로션, 물방울무늬 양말 한 짝, 그리고 티슈를 가져다놓았다. 무유는 서점에서 무유의 책상을 구경하는 사람들을 구경하기도 하고, 무유가 무유라고 만들어놓은 무유를 구경하는 사람을 구경하기도 하고, 그런 사람들을 구경하는 무유를 구경하는 사람도 구경하면서, 서가에서 책을 몇 권 들춰 보다가 비닐로 포장되어서 읽을 수 없는, 악어가 나오는 그림책을 보고는 서점 주인에게 이 책은 어떤 내용이냐고 물었다. 악어가 곧 죽는데 그 사실을 독자와 작가만 알아서 악어는 평소대로 살아가요. 서점 주인이 답했다. 그렇구나. 그렇군요. 아. 그래요. 무유는 다른 책으로 시선을 옮겨 어느 작가의 소설집을 들춰 보았는데, 읽지는 않고 그냥 책을 쓰다듬다가, 같이 살고 싶다는 마음을 잠시 가져보았다가, 그 마음을 미루는 게 즐거워 서가에 책을 꽂아놓고 자리로 돌아왔다. 그리고 한참 지나서 서점이 닫기 직전에 다시 서가를 어슬렁거리다가 그 소설을 찾는데, 눈을 씻고 찾아도 책이 없었다. 이 공간에 있는 누가 그 책을 읽고 있는가. 주위를 둘러보았지만 책을 읽고 있는 사람은 아무도 없었고, 여전히 누군가는 무유가 무유라고 구성해놓은 공간을 구경하다가 무유를 지나치고 있었고, 몇은 지나치지 않고 눈웃음을 보내기도 하였다. 무유는 자신이 모르는 사이에 누가 그 책을 사 갔나 해서 서점 주인에게 물었더니, 그녀는 아닐 거라고, 오늘은 책을 팔지 않았다고 말했다. 서점 주인은 허리를 굽혀 책장을 훑어보더니 그 소설집을 찾아 무유에게 건네주었다. 그게 거기 있네요? 그렇게 책은 다시 무유의 손으로 돌아왔고, 무유는 표지를 몇 번 쓰다듬다가 껴안았다가 톡톡 쳐보았다가, 책을 몇 차례 들었다 놨다 하고는 공연히 주변을 돌아보았다. 그렇게 가만히 있다가, 더 있다가는 서점 주인이 불안해할 것 같아 카운터로 책을 가져가 계산했다. 책은 자명종처럼 세로로 긴 모양인데 중앙에 긴 지퍼가 달려 있고, 그 지퍼를 열면 카디건처럼 입을 수 있는데, 이 옷을 입은 사람은 어깨가 좁아 보인다는 게 작은 개성이다.

오차의 카메라

콜린과 앤드루

영희는 영화를 한 편 찍었지만 두 편이 나왔다

영희는 똑같은 카메라 두 대를 연결했다
다음과 같이 20센티미터의 간극을 두고

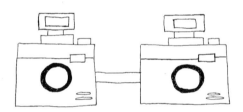

서영희는 첫 번째 카메라를 앤드루라고 불렀고 두 번째 카메라
를 콜린이라고 불렀다 영희는 앤드루로 영화를 찍었지만 두 번째
카메라인 콜린도 항상 켜두었다 두 카메라의 거리로 인해 콜린은
늘 앤드루와 20센티미터 떨어진 곳을 찍었다 콜린의 다른 이름은
오차의 카메라다

콜린에게는 드문드문 스태프나 촬영 장비가 보이기도 했다 앤 드루가 두 명이 나오는 장면을 촬영할 때 콜린의 앵글에는 둘 중 하나가 잘리거나 다 사라지거나 모두 잡히기도 했다 앤드루와 콜 린은

서로의 바깥이자 안이다

영희는 첫 번째 카메라로 영화 「오소리가 오소리의 꼬리를 물 었다」를 촬영했지만 의도한 장면에서 20센티미터 벗어난 장면을, 어긋난 20센티미터의 장면들을 따로 모아 영화를 만들고 싶었다 그렇게 되면 완전히 다른 영화가 탄생할 거라고

영희는 생각하지 않았고 그저 영화 스스로 영화를 찍기를 바랐 다는 점에서 영희는 바보다
게다가 영희가 오차의 영화를 촬영하는 과정에서 간과한 점은

감독인 영희만큼은 두 번째 카메라의 존재를 알면 안 된다는 점인데

정말 그게 중요할까? 하고 이 시를 쓰는 사람은 생각하고 있다

영희가 촬영한 장면을 예로 들어보자

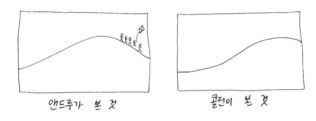

앤드루는 언덕 위에서 진수와 미진과 창수와 혜진 그리고 동수가 연을 날리며 노는 장면을 촬영했다 반면 콜린의 눈에는 아무도 보이지 않았다 영희는 사람이 없는 언덕이 마음에 들었지만 그것이 영화가 원했던 장면이라고 말할 수 있을까?

그녀는 처음부터 아무도 없는 언덕을 찍고 싶었을 거라고 몰아가본다

그럼 왜 진수와 미진과 창수와 혜진 그리고 동수가 필요했을까

중요한 건 진수와 미진과 창수와 혜진 그리고 동수가 있음에도 불구하고 그들을 찍지 않는 것이다 그들이 있어야 그들을 찍지 않을 수 있기에 영희는

두 번째 카메라에 진심을 담아놓고 그것이 진심의 바깥이었다고 믿고 싶었으며, 그것은 자신의 진심이 아니라 언덕의 진심이라고 말하고 싶었으나 그녀는 누구의 진심도 알지 못한다 언덕도 오소리도 연을 날리는 친구들의 마음도
모르게 되어버린다 그래서 메이플시럽을 뿌린 크로플을 한 입 크기로 잘라 먹었다

이 영화에서 마지막 장면은 주인공이 죽는 장면으로, 서영희는 주인공이 물에 빠지는 장면을 물살의 잔상으로 대신하고자 했지만 두 번째 카메라 콜린은 그러고 싶지 않았다 오차의 카메라는 아무도 죽지 않은 강에 물에 돌을 던지는 스태프의 손을 찍었고 그녀의 이름은 상지였다

영희의 다음 계획

영화에 없는 장면을
좋아해버린 관객이 하나 있었고
감독은 그 장면을……

한국의 영화감독, 혼자 마시는 술을 좋아하는 서영희가 세 번째 영화 「오소리가 오소리의 꼬리를 물었다」를 발표했습니다 영희는 영화에 모종의 마법을 걸어두었습니다 관객들이 좋아하는 장면이 하나둘 사라지는 마법이었습니다

관객 1은 주인공이 자신의 가슴을 치는 장면을 좋아했습니다 그래서 영화는 가슴 치는 장면을 잃었습니다 관객 16은 주인공과 그의 친구가 비행기 실종에 관한 뉴스에 관해 얘기할 때 창문에 붙은 개구리 한 마리가 클로즈업되는 장면을 좋아했고 영화는 창문과 개구리를 잃었습니다 관객 24는 헤어질 때마다 인사는 다음에 해도 될까?라고 말하는 인물을 좋아했기에 영화는 인물 하나와 그 주변을 잃었습니다 관객 3은, 관객 37은, 관객 86은 저마다 좋아하는 게 있어서 영화는 빼앗기고 있습니다 영화는 자신이 이

미지를 통해 무엇을 탕진하고 있는지 구경하고 있습니다 마지막 관객은 회복기의 주인공이 식탁에 숟가락과 젓가락을 놓는 장면을 좋아했습니다 영화는 내려놓습니다

남은 장면을 가지고 감독은 다음 영화를 만들기로 합니다

서영희의 작업 코멘터리

「오소리가 오소리의 꼬리를 물었다」를 찍게 된 건, 친구와 한 영화를 보고 나눈 이야기 때문이었어요. 영화를 보고 돌아오는 길에 좋았던 장면에 대해 이야기를 나누었죠. 친구가 좋아한 장면은 오소리가 분수대 앞에서 사과를 먹는 장면이었고, 제가 좋아한 장면은 한 취객이 길가에서 동전을 줍는 장면이었어요. 그런데 분수대 앞에서 오소리가 사과를 먹는 장면을 본 기억이 나지 않는 겁니다. 이 영화에 오소리가 나왔다고? 나는 반문했죠. 반면에 친구는 취객이 동전을 줍는 장면을 기억하지 못하더군요. 같은 영화를 봤는데 서로가 제일 좋아하는 장면을 기억하지 못한 거죠. 다른 영화를 본 것처럼요. 돌아오는 길에 나는 우리가 영화

의 어떤 장면을 너무 좋아했기 때문에 영화가 그 장면을 스스로 포기한 게 아닐까, 하는 생각이 들었습니다. 나는 여기에 영화의 희망이 있다고 생각했습니다.

박연준

재봉틀과 오븐 외

1980년 서울 출생.
2004년『중앙일보』등단.
시집『속눈썹이 지르는 비명』『아버지는 나를 처제, 하고 불렀다』
『베누스 푸디카』『밤, 비, 뱀』.

재봉틀과 오븐

늙는다는 건
시간의 구겨진 옷을 입는 일

모퉁이에서 빵 냄새가 피어오르는데
빵을 살 수 있는 시간이 사라진다

미소를 구울 수 있다면 좋을 텐데

높은 곳에 올라가면
기억이 사라진다
신발을 벗고 아래로 내려오면
등을 둥글게 말고
죽은 시간 속으로 처박히는 얼굴

할머니가 죽은 게 사월이었나,
사월
그리고 사―월

물어볼 사람이 없다

당신과 나를 아는 사람은 모두 죽거나
죽은 것보다 멀리 있다

사랑을 위해선 힘이 필요해,
라고 말한 사람은 여기에 없다 만우절에
죽었다
그의 등, 얼굴, 미소를
구울 수 있다면 좋을 텐데

사랑과 늙음과 슬픔,
셋 중 무엇이 힘이 셀까
궁금해서 저울을 들고 오는데

힘은 무게가 아니다
힘은 들어볼 수 없다

재봉틀 앞에 앉아 있고 싶다
무엇도 꿰매지 않으면서

누가 빵을 사러 가자고 노크하면
구겨진 옷을 내밀고
문을 닫겠다

당신은 내 앞에 내려앉은 한 벌의 옷

사랑한 건 농담이었어,
당신이 변명하면

나는 깨진 이마 같은 걸 그려볼 것이다

웃을게요
웃음을 굽겠습니다

작은 인간

작게 말하면 작은 인간이 된다

작은 인간은 작은 상자
사적인 영역
항아리 요강 무릎 담요 속 캄캄한 전진
아스팔트 위가 아니라 아스팔트 아래
회전문을 밀치고 밀치다, 되돌아오기
돌고 돌아 소용돌이 속 정적 되기
먼지들의 집
빗자루 되기

작은 인간은 작은 우주를 들고 나간다

겨울을 걸으면 발에 치이는 알과 껍질
계절이 쓰고 버린 것들,
작은 연두 야윈 연두 굶은 연두 취한 연두가
얼굴을 든다

작은 인간은 부르면 사라진다

작은 인간을 위한 강과 다리
건너는 사람 없는

사소한 걸 이야기하면 사소해진다

공책을 펼치면 거기
작은 인간을 위한 광장
납작하게, 죽지도 않고 살지도 않는
이름들
사소한 명단이 걸어 다닌다
작은 이름표를 달고 작게 작게

봄이 되면 봄 아닌 걸 치워야 한다

아지랑이를 먹으면 죽는다,
누가 말하는데
작은 인간은 천천히 그것을 먹는다

밤안개에서 슬픔을 솎아내는 법

—1988년

이것은 수줍음에 관한 노래
계단을 오르다 발이 사라진 아이의 주제곡

그 애는 시종일관 뛰어다녔다
붙잡아도 소용없었다
잡아도 흘러가버렸다
밤과 안개가 합작해 아이를 도왔다

물 아래
녹을 수 있게
물 아래
흐를 수 있게
물 아래
잠길 수 있게

이미 그런 걸로 가득한
가망
가망이라니?

가슴에서 명치를 떨궈내는 법
그런 게 있을까,
생각하지

아이는 무대의 왼편과 오른편에 반씩 서 있고
오른쪽으로 보내지 왼발을
왼쪽으로 보내지 오른발을
구르듯이
생각하지
안개를 떠먹는 아이를 밤에서 솎아내는 법
생각을 생각하고 생각을 생각하며

안개는 커튼은 깃털은 손끝은
연주하지
건드리면 열리고 열리면 사라지는

얼굴은 커튼 없는 무대
두 눈은 하는 수 없이 켜진 조명

이곳에서 밤의 악사들이 태어나고
뱀을 문 광대들이 흘러 다니고
생각하지 얼굴의 암전에 대해
귀뚜라미가 백 년 동안 기어가는 장면이
공연의 전부라고

그러면 또

안개에 빠져 죽은 여자 몇
아코디언 연주에 춤추는 춤추다 흘러내리는
음악으로 만든 계단
생각하지
계단이 접힐 때마다 사라지던 아이의 유년
딴따라라고 놀림받던 유령의 튀어나온 무릎
관객의 취한 눈빛 속
일렁임 속
웃으며 뛰어다니던 쥐들 속

음악

데려오는 것은 모조리 삼켜버리던

그 밤

안개들이 짐승처럼 아이를 먹으려 했지
맛있어 했지
뱉고 핥고 다시 뱉었지 동글동글
혀로 굴려가며 아이를 빚던

음악

아이의 형태가 그들의 혀끝에서 이루어지던

그 밤

아무래도 아이가 완성될 기미가 안 보이자 우르르르, 다른 상
대를 찾아 떠나던 안개들의 변심

생각하지

밤안개에서 슬픔을 솎아내는 법
그런 게 있을까

유월 정원

바보를 사랑하는 일은 관두기로 한다
아는 것은 모르는 척
모르는 것은 더 크게 모르는 척,
측립側立과 게걸음은 관두기로 한다
보이는 것을 보고
보이지 않는 것은 보지 않은 채
실제를 감지하기로 한다
행운도 불행도 왜곡하지 않기로 한다
두려움에 진저리 치다
귀신이 되는 일은 하지 않기로 한다
마음을 김밥처럼 둘둘 말아 바닥에 두지 않기로 한다
먹이가 되어 먹이를 주는 일,
본색을 탈색하는 일은 하지 않기로 한다
부수는 건 겁쟁이들의 일,
집을 부수는 대신 창문을 열기로 한다
두 시간마다 새 옷으로 갈아입고
고양이가 되어 사냥하고 할퀴기로 한다
발톱을 쭉쭉 빼며,
함부로 피어나지 않기로 한다

오뉴월은 엎드려 지나고
팔월 즈음 푸르게, 해산解産하기로 한다
뻗어 나가는 건 아이들뿐,
누추한 어른들은 삽목하기로 한다
한 그루 두 그루 세다
남은 건 버리기로 한다
아는 만큼 보인다는 자에게선 아름다움을 빼앗고
무지렁이로 골방까지 걸어가는 사람에게
신발을 골라주기로 한다
(정확함은 문학의 신발 치수!)
맞는 신을 신고 걸어가는 노인들을 골라
사랑하기로 한다
오른쪽으로 행복한 사람과 왼쪽으로 불행한 사람이
한집에서 시간을 분갈이하는 일,
뒤척이는 화분에 물을 주기로 한다
진딧물도 살려주기로 한다
영혼을 낮은 언덕에 심고

이제부터 작은 것에만 복무하기로 한다

택배, 사람

밤의 능선을 뛰어다니는 사람이 있다
오래되었다
무엇도 주지 않지만 늘 배불러 있는
그는 한 송이다

여름의 끝에서 이른 가을을 배달하는
한 송이
그는 내 정원에서 가장 크고
가장 오래 움직인다

지나치고 지나치다 지쳐버린

한 송이
하루를 인수분해하는
한 송이
도착하면 출발하는
한 송이

그의 임무는 전달이다 그러니까

그는 전깃줄
그는 도화선
그는 도착의 왕
속도의 아들
도착과 동시에 떠나야 하는
한 송이

누군가 그를 세고
또 센다

건네기 위해 하루를 다 쓴
한 송이

받으세요
받으시고
영원히
받으소서
한 송이
짐과 잠

사이
밤과 끝
사이
우리와 우리 아닌 것
사이
한 송이

지나쳤지?

지나쳤지

셀 수 없는,
여름이 온다면 좋겠다

울 때 나는 동물 소리

울 때,
나는
동물 소리
소금으로 이루어진 칼
부레를 지닌 얼음
가난한 수도
깨지고 싶은지 버티고 싶은지
모르겠는,
금 간 도자기

파열음을 돌보는 개가 사는
언덕에선 나를 이렇게 부른다

아침엔 바보 점심엔 파도
저녁엔 따귀 까마귀 푸성귀
밤엔
카오스 피안
카오스 피안

그곳에서

내 미래 직업은 아지랑이
내 둥근 식탁은 아지랑이
내 멈춘 시계는 아지랑이

바보 파도 따귀
푸성귀

소리 없이 리듬만으로
울 때,

나는
동물 소리

아침엔 바보
점심엔 파도 새벽엔
우는 강
우는 탑

푸성귀

푸성귀

도착
—당주에게

모서리를 사랑하는 고양이에게 물었다

너는 땅을 찢고 태어난 초록도 아니고
가지 끝에서 터져 나오는 열매도 아니지
공룡처럼 알을 깨고 나오지도 않았어

너는 어떻게 우리에게 왔지?

새벽 나무에서 달아나는

잎이,

　　잎이,

　　　　잎이,

달아나면서 너를
데리고 왔나?

네발로 밤을 저울질하는 고양이야
너는 흰 털로 포장한 용수철
날개를 털어버린 새
잠 사냥꾼
산 사랑과 죽은 사랑을 골라내는 자
새벽 세 시의 적요,

모서리를 사랑하는 고양이에게 물었다

구겨진 시트 위에 뭘 올려두었지?

여름의 끝,
희미해지는 열기
바람의 찬 꼬리
가을의 배냇저고리
옛날에 가졌던 이름들
먼 곳의 물소리
먼 곳의 발소리
이런 것

날 보는 네 초조한 행복
이런 것

내 고양이는 복화술로 답하지

여름의 끝에 도착했으니,
같이 잘까?

내 고양이가 눈을 감자
달빛, 쑥부쟁이, 돌과 참새가
사라졌다
한꺼번에

이장욱

내 생물 공부의 역사 외

1994년 『현대문학』 등단.
시집 『내 잠 속의 모래산』 『정오의 희망곡』 『생년월일』
『영원이 아니라서 가능한』 『동물입니다 무엇일까요』.
〈현대시작품상〉 〈대산문학상〉 등 수상.

내 생물 공부의 역사*

궁금해. 내 축축한 배를 가르면 뭐가 나올까.
어린 시절에는 개구리 해부를 했는데 그때마다 그런 생각을.
면도칼을 손에 든 채 소년은
양서류와 포유류 사이에서 생각에 잠긴 소년은

교회에 갔다.
하느님은 어디에 속해요? 저는 계문강목과속종의 맨 끄트머리
에 매달린 생물입니다만
희로애락이 많은 단세포동물입니다만
악몽에 시달리는 미물입니다만

혜화동에 전시관이 있잖아. 거기서
인체의신비전을 본 것은 내가 아니라 내 사랑,
새빨간 혈관과 근섬유와 신경세포와 텅 빈 두개골
그 한가운데 뻥 뚫린 두 개의 눈구멍으로
나를 빤히 바라보던 내 사랑,

그대는 오늘도 퇴근을 한다.
척추동물문 포유강 영장목으로서 그대는

버스를 타고 태그를 하고 외로운 밤의 거리를 바라보다가 전화를 하는 그대는

어젯밤 꿈속에 아마존 악어들이 나왔어. 브라질의 룰라는 좌파인데 아마존 개발을 밀어붙였지. 미친……

홍대입구에서는 또 내 영혼이 맑다고
영혼이 맑으니까 신을 믿으라는 사람에게 나는 말했네.
이봐요, 나는 창세기가 아니라 요한계시록을 믿는답니다. 사실은
고릴라처럼 손을 내밀어 초콜릿을 요구하죠. 게다가
단세포동물답게 폭력적이야.

나는 내 슬픈 생물학 책을 덮었다.
배가 갈라진 개구리의 자세로 관 속에 누워 있었다.
새빨간 혈관과 근섬유와 신경세포와 두개골 한가운데 뻥 뚫린
두 개의 눈구멍으로 나는
별들이 빛나는 밤하늘을 바라보았다.

아주 작은 것으로는 거대한 것을 볼 수 없고 아주 거대한 것으로는 작은 것을 볼 수 없나니…… 아주 작은 시간으로는 거대한

시간을 느낄 수 없고 아주 거대한 시간으로는 작은 시간을 느낄
수 없나니……

　　시간이 개울처럼 흘러가는 동안에도 나는
　　졸졸 흘러서 이윽고 망망대해에 닿는 동안에도 나는
　　내 부드러운 배를 갈라 자꾸 내부를 들여다보았다.
　　컴컴하고 축축한 그곳을 향해 간절하게
　　간절하게 손을 뻗었다. 마치 그곳에
　　깊고 무서운 사랑이 갇혀 있다는 듯이

* 괴테의 「내 식물 공부의 역사」 변용

친척과 풍력발전기

친척은 어디든 살고 있고 친척은 캠핑을 간다.

다른 이들이 고기를 구워 먹고 물놀이하는 것을 친척은 바라본
다. 마치 밤하늘을 바라보듯이
　나는 친척과 술을 마셔본 적이 있지만 제사는 지내지 않았지.
물놀이는 더더구나

친척은 법원에 근무하고 밤하늘을 바라보며 인생에 대해 이야
기하는 것을 좋아한다. 곧 청춘이 갈 것이고 사랑은 떠날 것이고
죽음이 올 것이며 세상의 풍력발전기들은 빙빙빙 돌아가는 것이
라고

나는 밤하늘을 바라보듯이 친척의 이야기를 듣는 것을 좋아한
다. 계곡의 물살은 거세고 법정에서는 누구나 목소리를 높이고
별빛 내리는 밤의 숲속에서 무언가가
　이쪽을 바라보는 밤

친척은 집중하는 사람으로서 연인의 전화를 받는다. 연인은 울
음을 터뜨리며 전화 저편에서 말을 했는데 사랑해. 사랑해. 사랑

이 어떻게 변하니.

　그 말이 진부해서 웃음을 터뜨린다면 당신은 나쁜 사람. 풍력발전기는 육중하고 친척은 공무원이고 격한 감정에 휩쓸린다. 친척이 울음을 터뜨리자 나도 울음을 터뜨린다. 밤하늘은 안식일처럼 깊어가고

　어쩔 수 없는 것들이 세상에 있어서 친척은 감사한다. 어쩔 수 없는 것들이 세상에 있어서 친척은 잠수를 하지 않고도 물속처럼 외로움을 이해하는 것. 문서를 남기지 않고도 혼자 밤하늘처럼 중얼거릴 수 있는 것.

　나는 친척과 외로움과 밤하늘의 근처에서 빙빙빙
　육중하게 빙빙빙
　풍력발전기처럼 돌아간다.
　그것은 거대하고 한 대에 40억 원이고 충동적으로 움직이지 않는다. 그것은 전기를 생산하는 기구인데 영영 이곳을 떠나지 못하고 저렇게

친척은 캄캄한 숲에서 무언가가 움직였다고 말한다.

친척은 랜턴을 켜 들고 숲속을 향해 불빛을 비추었다.

나는 밤하늘을 바라보고 친척은 집중하는 사람이고 먼 곳의 바람이 우리를 향해 불어왔다. 마치 오래전에 종말이 지난 영혼과 같이

개 이전에 짖음

이 산책로는 와본 적이 없는데 이상해.
다정한 편백나무들, 그림자들, 박쥐들,
가지 않은 길에서 길을 잃어본 적이 있어요?
만난 적이 없는 사람과 헤어진 적은?

어제는 죽은 사람과 함께 걸어갔다.
아직 죽지 않은 사람처럼 그이가 나의 팔짱을 끼었는데
내 팔이 스르르
녹아갔는데

기억하나요? 여기서 우리는 보자기를 바닥에 깔고 앉아 점심
식사를 했었잖아요. 보자기라니 정말 우스워. 식빵에 딸기잼을
발라 먹었죠. 오래전에 죽은 강아지 이야기를 하면서 웃음을 터
뜨렸는데…… 기억을 하나요?

대낮에도 사방이 캄캄하고 깊은 산책로였다.
길을 잃는 것이 익숙한 길이었다.
누구나 이미 죽은 것 같은 기분이었다가
왈왈,

짖고 싶은 기분이었다가

아마도 나는 당신의 미래의 오후의 조용한 기억 속에 담긴
잼 같은 것인가 봐요.
끈적끈적 흘러내리나요.
달콤한가요.

강아지 한 마리가 왈왈,
짖으며 따라왔다.
저것은 개이기 이전에 짖음 같구나.
저기 저 사람은 만나기 이전에 헤어진 사람 같구나.

우리는 편백나무들 사이에서 식사를 마치고 다 녹아버린 한쪽
팔을 흔들며 안녕,
하고 인사를

당신은 곧 나와는 다른 기억을 가져요. 그것이 위대하죠. 우리
는 태어나기 전에 죽었으니까요. 밤이 오기 전에 이미 캄캄한 것
과 같이,

잘 구워진 빵에 빨간 잼을 발라서 물끄러미 바라보았다.
맛이 있지 않나요? 맛이? 아직 혀에 닿지도 않았는데?
그래서 슬프기 이전에 눈물을?

당신의 얼굴이 다 녹아버렸어요.
나의 생각은 지금 너무 뜨거워.
빨갛고 달콤한 잼이 된 것 같아요.
끈적끈적 흘러내리고 있어요.

무지의 학교

김은 나를 잘 모르는데 내가 이러저러한 운명의 사람이라고 말
했다.
나는 김이 이상한 사람이라고 생각했고 술을 마셨다.

김은 예언자의 피를 지녔지만 게임을 좋아했고 예언자가 뭘 하
는 인간인지에 대해서는 전혀 관심이

집으로 돌아가면서 나는 그런데 네 말이 맞아 이를 어쩌지 이
를 어째 중얼거렸고
기묘한 실망과 쾌감에 휩싸인 채 김에게
사랑을 느꼈다.

생각해보면 에펠탑에서도 종로에서도 몽골의 사막에서도 나는
그런 기분에 잠겨 있었지. 당신이 한 말이 거의 우주에 가깝다는
우주가 당신의 말로 이루어져 있다는
그런 기분에

김은 모든 것을 예언할 수 있다면 거기가 바로 지옥이라고 말했
는데

지옥은 의외로 안락한 곳이라고
악마가 없다고

그럼 아무것도 알 수 없는 곳은 천국인가? 하고 물었지만 그렇게 묻는 순간 나는
지금 이곳이 천국이라는 것을 깨달았다.
아아, 천국에는 천사도 없고 베아트리체도 없고
교실과
운동장만이……

한때 나를 사랑했던 박은 도쿄에서 연애를 하다가 브루클린에서 산책을 하다가 치앙마이에서 술을 마시다가 국제전화를 걸어왔는데
왜인지 네가 했던 말이 자꾸 생각난다고
처음에는 심드렁했는데 그 말이 점점 커져서
거의 우주에 가깝게 느껴진다고

그럴 때마다 나는 이렇게 대답하는 사람이다.
이봐요, 나는 천국에서 살아가요. 천사와 악마가 구분되지 않는

구분할 필요가 없는
거의 지옥에 가까운

이곳은 아름다운 곳이고 선생님이 없어요.

편지가 왔어요!

우체국장님, 편지가 왔어요.

당신에게 온 편지예요. 환풍기와 침울한 날씨와 오늘의 할 일로부터 당신께

편지가 왔어요. 전기요금 수도세 주차위반 고지서에는 언제나

이곳을 벗겨내시오,

라고 적혀 있죠. 부고는 반드시

도착하고요. 국가에서 직장에서 전쟁터에서 그리고

그보다 더 멀고 외로운 곳에서

편지가 왔어요. 전보가 왔어요. 청첩장이 오고 계고장이 오고

내용증명이 도착했어요. 원숭이와 바이러스와 티라노사우루스의

세계에서

편지를 열어보기도 전에 당신은

인생을 회상하는군요. 아아, 나는 참으로 오래 살았다. 수많은

역사적 사태를 목도했으며 숱한 사랑과 이별의 문장을 전달했으

며 수신자가 사라진 편지를 매일 반송하였다. 그러니 이제는

내게 도착한 편지를 개봉할 때

하지만 우체국장님, 당신은 이미 늙은 채로 태어났어요.
이젠 지쳤다고 생각하며 청춘을 맞이하고
경이에 찬 눈으로 울음을 터뜨리고 마침내
잉태되었잖아요.

당신은 우체국을 살아가는 사람이에요. 당신은 영원히 전달하
는 사람이에요. 산을 넘고 강을 건너서
반도체와 전자파와 무한한 알고리즘의 세계를 건너서
바로 그 문장을 전달하는

우체국장님, 오늘도 놀라운 사건이 있었잖아요. 당신은 도망칠
수 없잖아요. 낙타, 장구벌레, 자동차, 자정의 교차로, 그리고 사
라진 휴대전화들의 사막에서
당신은 어머니를 낳고 어머니는 아버지를 낳고 아버지는 당신
의 손자가 되었잖아요.

당신은 우리의 대통령이고 독재자이고 무적의 군대이며 우주
의 침묵이에요. 마침내 당신은
우리의 가장 그리운 사람

거의
우리의 창조주

우체국장님, 편지가 왔어요.
울음을 터뜨리는 가족들 친구들 연인들로부터 당신께
우리는 우리의 영원한 사랑을 당신께
당신께 전할 뿐이랍니다.

공산주의의 새로운 과거

1

그러니까 손님은 왕인데
왕은 요리를 잘할까요.

나는 마리 앙투아네트를 사랑하고 니콜라이 2세를 그리워했을
뿐인데 어째서
　나를 괴롭히는 손님 새끼들…… 연민도 아까운 우주 쓰레기
들…… 식당 문을 닫는 순간 나와는 완전히 무관한……

오늘도 저주를 퍼붓고 눈물을 흘리며 참회를 했는데 어째서 그
것이
　인생에 가장 가까운가. 나는 견딜 수 없어졌고 주기도문을 외
우고 반야심경을 외우고 코란을 외우다가 창문을 열고
　백 년 후의 세계로 뛰어내렸네.
　바닥도 없이 까마득한 곳으로

그곳은 공산주의의 세계였다. 루이 16세도 없고 일론 머스크도
없고 이재용도 없는

비트코인도 부동산 급상승도
불안도

환풍기가 나른하게 돌아가고 있었어요.
손님이 없었어요. 그래서 저는
백 년 후의 화장실에서 표도르 도스토옙스키를 읽었고
백 년 후의 죄와 벌에 감동을 받았답니다.
생각해보면 진상들이 정말 많았지. 그중에서도 그 새끼는……
그 손님 새끼는……

2

손님은 휴일을 맞아 등산을 갔다. 손님은 풀밭에 누웠고 잠이
들었다.
어디서 본 듯한 사람이 꿈에 나타나서 백 년 후의 아침을 보여
주었는데
그 아침은 너무 조용하고 외로워 아름다웠지.
손님은 어느덧 인류애로 충만했고
배가 고파 식당에 갔다.

종교가 없고 증오가 없고 혁명사를 공부해본 적이 없는 건전한
시민이었으므로 손님은
　　백 년 후의 꿈속에서
　　오늘 아침으로 추락했다. 손님은 의자에서 벌떡 일어나며 외쳤
다.
　　죄와! 벌!
　　이라고

　　나는 그에게 다가가 웃음을 지어 보이며 말했다.
　　"손님, 악몽을 꾸신 모양이군요."
　　손님은 멍한 표정으로 나를 바라보다가
　　창밖의 황혼을 바라보다가
　　집으로 돌아갔고
　　화장실에서 백 년 후의 밤에 대해 깊이 생각했다.
　　그날 밤 꿈속에서 그는
　　오늘이 공산주의의 새로운 과거라는 것을 깨달았으며
　　참을 수 없이
　　요리가 하고 싶었다.

* 백 년 후의 공산주의에 대한 상세한 설명은 『완전히 자동화된 화려한 공산주의』를
참조할 것

더 가깝고 외로운 리타

만나러 와주세요.
여기가 북극이라서 여행이라도 하듯이
여기가 적도라서 탐험이라도 하듯이

매일 장례식이 열려요. 조의금을 주고받아요. 국가정책에 대한
토론회가 개최되었대. 우울증이 있음. 이어폰을 귓속 깊숙이 밀
어 넣고

집에 갔다. 집을 나왔다. 집에 갔다.
나보다 더 가까운 곳에 북극의 펭귄과 적도의 새들
내 귓속에 내리는 겨울비
혈관 속을 흐르는 음악과 바이러스
이봐요, 펭귄은 북극이 아니라 남극에 산다고.
바이러스는 혈관이 아니라……

당신의 가까운 생물이 사라졌어요.
당신의 먼 사람이 앓고 있어요.
어제는 외로웠던 누군가가
내일은 지상에 없고

집을 나오지 않았다. 집을 나오지 않았다. 집을 나오지 않았다.
사라진 리타가 시를 읽고 있었다. 수유리에서
북극에서
내 귓속에서

여행자가 실종되었다는군. 열대야가 다가오고 있어요. 주가가
급등했대. 폭설이 시작되었다.

만나러 와주세요. 여기가 불가능한 곳이라도
만나러 와주세요. 먼 사람의 꿈속으로

열대우림에 내리는 폭설
북극에 쏟아지는 빗줄기
이곳에서 새들은 헤엄치고
펭귄은 날아다닌다.

좀 조용히 해줄래요? 음악이 안 들려.
내 귓속에서 자꾸 중얼거리는 리타 때문에
저기 저 빗속에 서서 이쪽을 바라보는

더 가깝고 외로운 리타 때문에

임지은

감정교육 뉴스 외

2015년『문학과사회』등단.
시집『무구함과 소보로』『때때로 캥거루』.

감정교육 뉴스

우리 사회에서 가정교육은 항상 중시되어왔습니다
어떤 게 진짜 감정인지 알 수 없을 땐 엄마에게 물어보면 좋은
데요
엄마는 많은 것을 결정할 수 있기 때문입니다

김대기 기자와 연결해보겠습니다

"나한테 왜 그랬어요?"
"모두 널 위한 거야 너도 크면 이해할 거다"

저는 엄마와 아들이 싸우는 현장에 나와 있습니다
아들인 이 모 씨는 엄마가 정해주는 감정에 따르지 않겠다는
입장인데요

"엄마가 하라는 대로 했는데 행복하지 않아요
행복은 엄마가 했겠죠"

감정 전문가와 연결해보겠습니다

"감정을 결정할 수 없는 상황이 자주 일어난다면
평소에 감정을 기록하는 습관을 들이는 것이 좋습니다"

한편, 감정을 느껴보려는 이가 많아지면서 한 제약 회사는 감
정 치약을 개발하는 데 성공했다고 합니다
감정 치약을 칫솔에 묻혀 닦아주기만 하면 되는데요
치약 속 감정 유발 물질이 여러 감정을 불러일으킨다고 합니다

그럼 제가 한번 닦아보겠습니다

"야, 이 씨!"
(카메라가 꺼진다)

나는 뉴스를 끄고
행복, 안도, 불안, 기쁨, 착잡, 초조, 허무, 답답, 실망, 섭섭, 끔
찍, 기대, 들뜸, 민망, 미묘, 따분, 편안, 이질, 동질, 경이, 흥미, 재
미, 괴리, 당혹, 충격, 심드렁 속에 있었다

감정은 입구와 출구가 멀었다

한참을 달려도 나갈 곳을 찾지 못했다
나는 안에 있었다

감정이 있었다

가죽 바지를 입은 시

이 시는 가죽 바지를 입었다

5백 살 된 물소의 질감을 그대로 재현한 바지는
만지면 부드럽지만 두 다리를 넣기에는
역부족이었다

과거를 넣었다

이제 시간은 미래를 향해 달릴 것이다

*

이 시에는 세 개의 실수가 숨어 있다

나는 그 사실을 완벽히 잊기 위해
외출했다

플라스틱으로 된 간판을 읽다가 감동했다

마트에 들려 사야 할 것을 빠뜨리고
이상한 과거의 목록을 사 왔다

그러니까 이 시의 가장 큰 실수는
실수를 넣는 것을 깜빡하고
말았다는 실수다

*

바지는 안과 밖이 있었다
사람에게도 있었다

안사람과 바깥사람

안사람은 안쪽을 지키는 사람이라는 걸까

사람은 양말처럼 뒤집어 벗을 수도 없는데
안사람은 바깥사람이 될 수 없는 걸까

수많은 의문이 들었지만
바지건 사람이건
가죽으로 만들어졌다는 점은 같았다

러시아 형

러시아에서 형이 왔다
반복을 싫어하는 형은
나름 노력하지 않는 삶을 살아왔다

형은 아직도 컵에 물을 따르다 흘린다
머리를 감다 윗옷을 버린다
형은 말한다, 반복은 많은 것을 앗아간다고
그중엔 신비도 있다고

노래는 하면 할수록 잘 부르게 되는데
살면 살수록 잘 살아지지 않습니다

당연합니다
잘되는 게 이상한 겁니다

형은 조언한다, 인생에 대해 새로운 관점을 가져보라고
실패는 반복할 수 있지만 늘 새롭다고
그래서 신비롭다고

나는 백 년 전에 죽은 사람의 책도 읽어보고
믿음도 없이 성당에 가보고
버스를 타고 모르는 곳에 내려 여기가 어디인지 잃어버리고 말
았지만

　□ 세상의 모든 파프리카 먹어보기
　□ 오후 네 시에는 행복하기
　□ 천사의 재료가 뼈라는 것을 기억하기

형의 수첩에 적힌 목록은
지워질 수도 있고 지켜지지 않을 수도 있지만

적어보는 행위에 의미가 있고
적는 것에 실패해도 좋다

형, 아무래도 전 잘못 태어난 것 같아요

형은 거듭 말한다, 잘못은 신비롭다고
세상의 많은 것은 잘못 때문에 태어났고

잘못은 반복하지 않는다는 증거이며
잘못은 블라블라……

아, 알겠어요
그만해요, 형

형은 술에 취했다
드르렁드르렁 코를 곤다
형은 러시아에서 왔다
형식주의자다

사람이 취미

사람을 취미로 해서
좋은 점은
상처를 받지 않는다는 것이다

깨진 접시는 상처를 주지 않아
케첩은 상처를 주지 않아
흰옷에 묻으면
눈에 띄게 빨갛긴 하지만

식후의 낮잠은 습관이 되고
마라톤은 기록이 되지만
사람이 취미가 되면
뜨거운 아메리카노를
후후 불어 마시듯 사람이 되고
한여름 내리는 소나기만큼 사람이 된다

지구에서 태어난 사람은 한밤중이라
깨기는 쉽고 다시 잠들기는 어려우니까
맨손체조가 필요하다

사람이 직업인 사람은
리듬상의 이유로 온몸에 도돌이표가 많다

한밤중에 전화를 끊는 사람은
가끔 알약처럼
잘 삼켜지지 않으므로
머리맡에 물 한 컵이 필요하다

물은 서로를 밀어내고 있어서
사람이 아주 잘 녹는다

언어 순화

사람들이 하는 말을 기록하기로 했다

할머니는 욕을 밥 먹듯이 했다
하루에 한 끼만 드셔야 할 듯

아빠는 믿는다, 로 모든 대화가 가능했다
밥은? 믿는다
학교는? 믿는다
나는 아직까지 믿는 종교가 없는데

함께 방을 쓰는 언니는
무슨 말을 해도 방이 생기지 않아서
성격이 생겼다

유치원생인 조카는 똥을 똥이라 했는데
그게 나쁜 말인지 아닌지 알 수 없었다

애인에게 이럴 거면 헤어져, 가 튀어나오려는 걸
이러지 말자고 고쳐 말했다

제기랄 대신 오 예를 사랑했다

한밤중의 와이파이는 지지직거리고
냉장고에선 간헐적으로 웅웅 소리가 났다

궁금한 것이 있어 컴퓨터 앞에 앉았다
404 not found*
404 not found

그건 기계가 하는 나쁜 말이었다

잘못된 길에 들어서도
새로운 경로를 제시하는 내비게이션처럼
조금 돌려 말할 줄 알았을 뿐

어제의 나쁜 말은 오늘의 나쁜 말이 되었다

* "페이지를 찾을 수 없습니다"

비싸지?

냉동된 떡을 전자레인지로 데운다
떡이 따뜻해서 좋구나
전자레인지는 참 좋은 물건이다

근데 애야, 좋은 것은 비싸지?

세탁기에서 나온 수건을 턴다
엄마는 손목이 예전 같지 않아서
할 수 없는 일이 늘어난다

근데 애야, 통돌이는 싸도 전기는 비싸지?

검은 봉지로 채워진 냉동실을 연다
엄마, 만두는? 거기 검은 봉지
치킨은? 그 옆 검은 봉지
먹다 만 투게더는? 그 위 검은 봉지

꽁꽁 묶인 것을 풀어보려다
도로 넣은 것이

엄마와 나 사이엔 가득하고

너무 많은 것을 간직하려다
거의 모든 것을 잃어버린 사람처럼

엄마는 물티슈 한 장으로
식탁을 닦고
방바닥을 닦고 휴지통을 닦는다

다 컸단 사실을 잊고 가끔은 나도 닦는다

함께 있으면 시간이 잘 가지 않아서
각자의 방에 머문다

방문을 열어보면 엄마는 각종 영양제를
입안에 털어 넣고 있다
우리 사이에는 건강하지 못한 것이 많아서

엄마, 근데 그거 비싸지?

건강과 직업

　몸무게를 앞에 두고 헬스트레이너가 묻는다 하시는 일이 뭡니까? 시를 씁니다 직업이 시인이세요? 시인은 직업이 아니라 상태입니다 머릿속에서 단어들이 불법주차를 한 상태, 뜨거운 문장을 들어 올려야 하는데 냄비 손잡이가 다 타버린 상태, 하자니 괴롭고 안 하자니 더 괴로워서 치과 진료를 미루는 사람처럼 영혼의 치아 하나가 덜렁거리는 상태, 헬스트레이너는 볼펜 끝을 살짝 깨문다 운동이 꼭 필요한 상태, 라고 적는다 아침 식사로는 무얼 드시죠? 나는 시인이 된 이후로 이보다 구체적이고 은유적인 질문을 받아본 적이 없다 그날그날 떠오르는 밥과 반찬을 먹습니다 그는 골고루 먹는 편이라고 적는다 자신도 모르는 새 비유한다 생각의 관절이 부드러워지면 그는 펜을 들지 않아도 시를 쓸 수 있을 것이다 스쿼트, 벤치 프레스, 데드리프트 스쿼트, 숄더 프레스, 데드리프트 그가 하는 움직임은 시가 된다 플랭크, 플랭크, 플랭크! 포기를 모르는 그의 문장은 지구력이 뛰어나다 빠지지 말고 꼭 나오세요 묘한 설득력을 가지고 있다 호흡으로 가득 찬 방을 빠져나가며 트레이너는 시인이란 상태는 여러모로 건강에 해롭다고 생각했을 것이다 이제 막 한 편의 시를 완성한 그는

진은영

종이 외

1970년 대전 출생.
2000년 『문학과사회』 등단.
시집 『일곱 개의 단어로 된 사전』 『우리는 매일매일』 『훔쳐가는 노래』.
〈대산문학상〉 〈현대문학상〉 〈천상병시문학상〉 등 수상.

종이

태초에 하느님, 종이를 만드셨다.
종이로 수많은 별들을 접다가 피곤해지셨다.
종이 위에 **은유의 침***을 흘리며 깊은 잠에 빠지셨어.

날개 달린 완전한 기쁨 멀리 달아난다. 그러면
얇은 피부의 파란 정맥같이 흘러가는 슬픔 하나
내가 그릴 수 있다.
고요히 펼쳐진 여기에

폭우는 잠시 내리지 않는다.
네 개의 흰 돛처럼 팽팽한 침묵을 달고
나는 나아가리라, 천천히
깨진 도토리 껍질의 반쪽으로
줄어드는 필연의 섬을 향해.

하느님 외치신다,
눈 뜨고 잠든 채로
―안 돼! 종이로는.
그의 요란한 잠꼬대가

제지 공장에 세워둔 재고 종이기둥 구멍에서
금빛 트럼펫처럼 울린다.

하긴, 상상해보라
종이로 접힌 수만 종의 동물을.
노아의 방주도 소용없을 테니……
약속의 무지개가 뜨면서 떨어뜨린 검은 한 방울에
영혼까지 젖어 흐물거리는 종種을 무엇에 쓰겠는가.

나는 졸린 얼굴로 내려다본다, 자꾸 감기는 눈으로
임시 사막의 작은 하늘 아래
노트의 희미한 점선처럼 줄지어 가는 세상의 먹구름을,
그들을 따라 흐르는 충혈된 두 눈을. 그러면

고요한 침엽수들로 찌르고 싶다,
인정머리 없는 하느님의 눈동자를.
꿈의 대홍수─잠가뒀다 일제히 열리는 자동 수도꼭지 같은 거 말고
그가 고통으로 눈 못 뜬 채 뿌리는

국지성 호우에 익사하고 싶다.

임시 사막의 작은 하늘 아래서
나는 기다린다.
육화된 질문,
한 줄의 문장이 언제쯤 흘러내릴까.

존재의 메마른 진흙 위에
신이 잠든 노란 달밤 위에

한줄기 비로—
한줄기 피로—

* 즈비그니에프 헤르베르트

나는 도망 중

머릿속에 놓인 누군가의 일기장
펼치면 한 줄도 씌어 있지 않다
무기력의 종이 위에

나는 따스한 손바닥으로
펜을 쥐었어, 부화시키려고
그가 살아야 할 이유의 알들을

그거 알아? 나는 생쥐가 파충류인 줄 알았어

그거 알아? 나는 이 별이 내 별인 줄 알았어

그거 알아? 내가 남자인 줄 알았어

그거 알아? 나는 펠릭스를 훔쳤습니다

그거 알아? 슬픔이 하느님보다 힘세다는 거

그거 알아? 계산이 잘못되었어

그거 알아? 너는 텅 빈 목욕통에 남겨졌어

그거 알아? 하루도 쉬지 않고 매일매일이 찾아왔어

그거 알아? 죽은 친구의 소식을 가져온 우편배달부를 위로했어

그거 알아? 노른자가 깨졌다 식탁 위에서

나는 단단히 살아 있다! 잘 익은 간처럼

우주의 옷장 속에서

옷장 속에서 사랑을 했네
하늘의 흰 무릎이 내려와
땅의 더러운 무릎에 닿았네
간지러워 나무들은 재채기했네
가슴이 부끄러워 두 개의 언덕으로 솟아났네
놀라서 구름은 달아나고
아름다워서 웃음이 흩어졌네
아아 너무 웃어 비가 내리네
하얗고 더럽고 무서운
알몸으로 나는 쏟아졌네
흐르는 별들처럼
밤의 깨진 술병 속으로

얼굴 위로
텅 빈 옷걸이들 흔들리네

빨간 네잎클로버 들판

　　　　　　　　　　　을 뜯어 먹는 토끼들이 보인다
　바다에는 바다보다 큰 배가 보인다
　시간이 주름 가득한 흰 개의 얼굴로 짖는다 내가 지나가는
　모르는 고장의 동맥이 또 끊어진 것 같다
　쏟아지는 피에 거구의 여신이 드레스를 깨끗이 빨고 있는 것
같다
　이놈의 세계는 매일매일 자살하는 것 같다
　아무리 말려도 말을 듣지 않는 것 같다
　종이는 손수건ー 도무지 손바닥만 한 평화
　종이는 신의 얼굴ー 세상을 통째로 구원할 재능 없는 신의 얼굴
　3류 신, 어린 시절부터 싹수가 노랬던 신
　할머니가 발가락처럼 거친 손으로 내 얼굴을 쓰다듬었다
　나이 먹었는데 절망해도 되나
　죽을 때까지 절망해도 되나
　차창 밖에다 물었다
　검은 상자를 칸칸이 두드리며 물었다
　기차 바퀴가 끽끽, 마찰음으로 울었다
　멈추는 것들은 대개 그렇듯, 슬프거든

카잘스

음악은— 밤의 망가진 다리
하느님이 다리를 절며
걸어 나오신다

음악은— 영혼의 가느다란
빛나는 갈비뼈
물질의 얇은 살갗을 뚫고 나온

음악은— 호박琥珀에 갇힌 푸른 깃털
한 사람이 나무로 만든 심장 속에서
시간의 보석을 부수고 있다

음악은— 무의미
우주 끝까지 닿아 있는 부드러운 달의 날개 아래서
길들은 펼쳐졌다 잠이 들었지

시인 만세

스스로 놀란다
지난해 최고의 낙담은 청약 당첨에서 두 번이나 떨어진 것
중대 재해법 반쪽 통과도
세월호 관련자 무죄판결도 아니었다는 점에

꿈의 집도—
현실의 집도— 가질 수 없다

나선으로 날아오르는 시의 천사를 봤다는 사람
그의 뒤를 쫓는다
추격의 날갯짓이 전진과 후진의 끝나지 않는 시소게임을 닮았
다
노란 나방과 아이에게서 배운 부질없이 허약한

어리석었다
유년의 낙원을 즐겁게 떠나왔다
학기가 끝나면 돌아갈 수 있다고 믿는
기숙사 아이들처럼

시의 자명종,
세계사의 푹신한 침대 위에서 요란하게 울리는—
그런 아침이 올까

이런 질문을 마지막으로 한 것이 언제였을까
조간신문의 양 날개를 펼치며—
홍조 띤 얼굴을 가리며—

봄의 노란 유리 도미노를

너는 건드렸다
컵들은 다 깨졌어
사랑하는 이여, 금 간 컵들에 대해
변명할 필요가 없다
나를 이 몹쓸 바닥에서
　　　　　　　쓸어 담아줘

심사평

|예심|

시라는 삶의 황홀
김경후

고마운 일
박상수

|본심|

의식의 눈을 찌르는, 빛나는 언어, 발견되는 언어
박상순

오, 이 짱짱한 라인업! 그런데, 그러나
황인숙

수상소감

발견되는 춤으로부터
이제니

시라는 삶의 황홀

김경후

　시가 무엇인지 모르겠지만, 한 편의 시를 만난다는 것은 하나의 삶을 내 안에 들여놓는 것이 아닐까 생각한다. 그래서 올해는 더욱 시가 소중했다. 만남과 감각적 접촉이 제한되고 낯선 불안이 지속되면서 이것이 대체 어떤 세계인지 시를 통해 들여다보고 싶었다. 한 해 동안 발표된 많은 시들을 펼쳐 다른 호흡과 다른 미학, 다른 언어의 결을 열심히 따라갔다. 설레고 즐겁고 아름다운 시간을 누렸다. 그리고 다시 한 번 시는 스쳐 지나가는 시간과 한정된 공간에서 벗어나 우리가 가지 않은 길, 갈 수 없는 길, 보이지 않는 길을 가게 한다는 것, 겹겹의 삶을 살도록 해준다는 걸 느꼈다. 매혹적인 시들로 여러 번 살았던 것 같은 가을이었다. 이것 외에 다른 삶의 황홀이 있을까. 물론 예심이라는 절차를 잊는다면 말이다.

　월간 및 격월간, 계간 문예지에 실린 시들을 시인별로 묶어 다시 들여다보았다. 쉽게 오지 않는 어법들은 반복하여 읽고, 한 편마다 그 시가 가진 감각과 상상력의 매력을 찾아갔다. 그런데 거듭하여 읽으면 읽을수록 그때마다 새로운 지점들이 보였다. 그래서 우리는 시를 쓰고 시를 읽나 보다. 끝이 없어 보이는 작업을 하다 10월 마지막 주 오후에 박상수 시인과 만나 이야기를 나누었다. 박상수 시인은 열한 분의 시를, 나는 열네 분의 시를 말했다. 공통으로 언급한 시인은 세 분이었다. 아주 많은 시인의 시들을 읽었으니 세 분의 시를 공통으로 언급한 것이 적은 건 아니라고 생각한다. 만약 적다고 본다면 많은 시인들이 각자의 세계와 시선을 고른 수준으로 펼치고 있다는 뜻이기도 해서 좋았다. 다채로운 이야기를 나눌 수 있었다. 시마다 개성이 다르고 매혹적이어서 곤혹스럽기도 했지만 스물두 분의 시를 차례로 이야기하고 열세 분을 올렸다. 다정하고 정밀하고 진지하게 많은 시들의 세계를 밝혀준 박상수 시인에게 감사하다.

김소형 시인에게서는 단정한 정적이 느껴진다. 맑고 가벼운 일상을 그리는 듯하지만 그것은 죽음으로 이어지는 투명하고 슬픈 여정이며 그 지점에 매료되었다. 잠들려 눈을 감아도 그 분위기가 쉽게 떠나지 않았다. 김승일 시인이 올해 발표한 시들이 참 인상적이었다. 결국 존재와 정체성은 환상극일지 모른다. 이영광 시인은 쉽고 깊고 중후하고 날렵한 응시로 세계의 비의를 늘 보여준다. 신영배 시인의 탄력과 집중과 신비와 상상력을 사랑하지 않을 수 없다. 모두 내게 시와 시선의 새로운 가능성을 가르쳐주었다.

많은 시인들이 자신의 스타일을 인지하고 어떻게 변화할 것인지, 지금까지 없었던 어떤 모색과 탐험을 해야 할지 고민하고 있다는 걸 느꼈다. 이전에 읽었던 시집이나 시들이 이미 충분히 아름답고 경이로운데 아무도 그 자리에 머물려 하지 않는 것 같다. 그러지 않는다면 어쩌면 시가 아닐지 모르지만 말이다. 늘 한 글자라도 더 깊어지고 변화하려 좌충우돌과 고군분투를 오가며 두려워하지 않고 스스로 위태롭게 하는 데 안간힘을 디히고 있었다. 백지의 연대랄까. 시를 쓰는 우리 시대 모든 시인의 그 처연함과 고독과 아름다움에 박수와 존경을 보낸다. ▪

고마운 일

박상수

〈현대문학상〉 심사를 위해 한 해의 작품을 되짚어 읽다 보면 언제나 처음과 끝의 감정이 달라진다. 처음 시작할 때는 어떤 작품도 허투루 읽는 일이 없어야 한다는 책임감과 강박관념으로 어깨에 잔뜩 힘이 들어가고 그래서 자주 지치게 마련이지만, 마침내 긴 장정을 끝마치고 예심 명단을 추리게 되면 비로소 마치지 못한 과제를 끝낸 학생처럼 행복에 겨워 이런저런 작품들을 여유 있게 다시 읽어볼 기쁨으로 웃고 있는 나 자신을 발견하게 되기 때문이다. 무수한 실패를 반복하며 시를 시작하고, 마침내 마침표를 찍을 때까지 스스로를 몰아붙였던 많은 시인들의 고된 시간, 긴 작업 과정이 눈에 선하다. 책상에 앉아 단지 지면을 펼치는 것으로 이 작품들을 읽을 수 있다니, 고마운 마음을 갖지 않을 도리가 없다. 김기택, 김소형, 김승일, 김언희, 문보영, 박연준, 신영배, 이영광, 이장욱, 이제니, 임지은, 진은영, 한연희 시인까지 김경후 시인과의 예심 과정에서 더 풍요로운 명단을 작성할 수 있었고 그 과정에서 기록해두고 싶은 시인들의 작품에 대한 짧은 독후감을 남긴다.

김기택과 김언희가 지닌 시적 방법론은 이미 널리 알려져서 익숙하다고 착각하기 쉽지만 지면에서 작품을 읽을 때마다 알면서도 놀라고 알면서도 충격을 받는다. 이런 일이 어떻게 가능한 걸까. 가혹한 자기 점검, 타협하지 않겠다는 의지, 인간과 세계를 향한 비판적 지성을 가동시키지 않는다면 불가능한 일처럼 보이는데 이 작업을 포기하지 않고 지속해나가는 선배 시인들이 존재한다는 것에 경외의 마음이 든다.

문보영의 허구적 이야기 만들기는 최근 들어 더욱 흥미롭게 가동되고 있는 것 같다. 흥미로움은 이야기의 기이한 완결성에 나온다. 이야기가 점점 이상하게 재미있어진다. 현실이 너무 공허해서 차라리 이야기로 도피한다는 설정은 여전하며 어느 게 정말 리얼 월드이냐는 질문 또한 적절한 윤리 감각으로 보충된다. 이야기에 몰입하면 현실을 잊을 수 있을까. 이야기의 바깥이 아니라 아예 현실 바깥으로 나갈 수 있다(없다가 아니라)는 설정 또한 이상하게도 공포감을 주는 것이어서 이 곤란을 저지하기 위해 문보영은 독자들과 밀고 당기기를 주고받으며 서사를 한없이 이어가는 불안하지만 재미있는 유희를 계속한다.

박연준은 아지랑이를 천천히 먹으며 살아 있는 작은 인간에 대한 이야기를 펼친다. 작은 인간은 연약하고 다치기 쉽고 금방 지워질 수도 있는 존재이지만 밤안개로 잊히거나 지워지지 않기 위해 스스로의 이미지를 조용하지만 힘 있게 조립하여 만들어나간다. 어떤 사람은 불안해서 이야기를 만들고 어떤 사람은 지워지지 않으려고, 다르게 존재하려고 이미지를 오븐에서 굽는다. 무게를 잴 수 없는 무언가를 잇대어 꿰매는 대신 그 무언가가 서로 어떻게 다른지를 측량하여 구분하는 지혜가 박연준에게 무르익고 있다.

임지은은 각지고 규칙적인 언어의 반복, 형식의 반복 안에 일상을 전복시킬 시선을 기폭장치처럼 만들어놓는다. 그런데 여기엔 일상이 쉽게 전복될 리 없다는 반대의 관점이 안전장치로 설치되어 전복의 가능성을 유머러스하게 유보시키고 저지한다. 전복과 반복 중 어느 쪽이 맞겠느냐고 질문을 던지는 셈인데 그러는 사이 묘하게 삶을 견딜 만한 힘이 비정형으로 비어져 나온다. 신기한 이동식 언어탐구생활이다.

진은영은 폭풍우가 몰아치는 타락하고 정의롭지 못한 현실에서도 여전히 젖지 않을 아름다운 종이 별을 꿈꾼다. 갖고 있는 것이 종이밖에 없는 사람은 종이로 만든 별을 어떻게 젖지 않게 지킬 수 있을까. 또한 이 종이 별을 어떻게 하늘까지 올려 보낼 수 있을까. 그의 이국적이며 문어체적인 감각은 애초부터 이 현실에서 잘 섞일 수 없는 기질과 통하는 것이어서 땅으로 내려오지 않아도 되지만 진은영은 현실과 자기감각을 의도적으로 충돌시키면서 잠든 신을 깨워 부르고 세계의 파열음을 정직하게 기록하며, 그러나 여전한 희망에 기대어 슬픔을 기도로 만들어나간다.

한연희는 일상의 우울과 공포 속에서 어떻게든 살아 존재하기 위해 움직인다. 무서움을 잘근잘근 씹고, 잼을 만들거나, 맞아 죽은 고양이를 인형 몸 안에 묻어주는 등의 행동을 한다. 실제인지 환상인지 모를 장면들 속에 현실의 비극과 파괴적 속성을 문득 끼워 넣을 때 한연희의 시는 도망갈 수 없는 강력한 암시를 통해 우리의 발까지 꽁꽁 동여맨다. 그럼에도 그는 썩어서 멀리까지 퍼져가는 부패의 기운 속에서도 어린 생명의 기운으로 힘을 내고, 침몰하는 세계의 목격자가 되어 인간의 한계를 고발하고 기록하는 일을 멈추지 않으려 애쓴다.

이제니는 정확하게 말하기 위해 지우고 덧붙이기를 반복하면서 문장을 써나간다. 그러나 정확하게 말하기는 언제나 실패하고, 실패의 반복, 다시 반복의 실패는 지금 눈앞에서 펼쳐지는 세계를 가로질러 이상하게도 다른 세계의 흔적을 그리워하게 하며 슬픔 속에서 우리를 더욱 먼 곳으로 데려간다. 색채 모자를 쓰고 꿈속의 지점을 향해 머나먼 순례의 길을 영원히 걸어가는 우리들. 이렇게 도달한 세계의 아름다움과 잿빛 슬픔, 흩어짐과 그치지 않는 백색 나선형의 연속이 우리를 이제니 시 속에 붙들어 매는 힘이다. 이 매력적인 세계를 그냥 지나칠 수 있는 사람은 아무도 없을 것이다. 이제니 시인의 〈현대문학상〉 수상을 진심으로 축하드린다. ■

의식의 눈을 찌르는, 빛나는 언어, 발견되는 언어

박상순

이제니의 시는 현실 대상의 표면에서 의식의 표면으로 나아간다. 이런 표면성 전환은 그녀의 시 「빛나는 얼굴로 사라지기」에서 나타나는 것처럼 "보이는 대로 바라보지 않는 오늘의 눈"이나 "마지막으로 남은 명사 하나를 밝혀내기 위해 써 내려가고 있다" 등의 표현을 통해 지각과 언어의 구조로 이루어진다.

다소 시간을 지체시키는 반복적 어휘들이 감정적인 노선으로 빠져들게 하는 듯하지만 결국 그것들의 반복 구조를 통해 한편으로는 일정한 질서를 회복하며 절망적인 도착 지점에 이른다. 그 지점은 바로 감정적인 분위기, 무드Mood의 절망이거나 절연 지점이다.

산문 형식의 글쓰기, 냉정하게 말하자면 잡문雜文의 형식을 취했지만, 다행스럽게도 이제니의 시는 잡문으로서의 글쓰기를 벗어나 경험적 지각에서 의식의 눈을 가진 시적 언어로 나아간다.

문학예술은 이미 '내용과 형식'이라는 단순 결합 구조와는 오래전에 결별했다. 그런 까닭에 문자의 배열이나 운용 형식만을 가지고 시의 본

질을 따질 수는 없지만, 대개의 잡문적인 글쓰기는 배회하는 경험 지각의 초점 없는 흔적으로 진락하기 쉽다. 그것을 새로운 형식으로 생각한다면 그 결과는 과거의 '내용+형식' 개념으로 후퇴하여 어떤 내용이 숨어 있는 듯 가장한 야바위꾼의 눈빛, 수구적 의식, 관습 의미의 파기가 아닌 그저 정체를 끊임없이 미루는 채무불이행의 야반도주형 지시 언어, 결국 잡문이 될 확률이 높다.

현상학적 지각의 최소 지점에도 이르지 못한 잡문의 문장이 요란한 오늘의 현실에서, 이제니의 시는 그 갈래를 달리하기 때문에 빛난다. 현실의 잡동사니를 긁어 와 두서없이 중얼거리는 태도나, 형식의 뒤편에 서서 어떤 의미로서의 내용을 가장하는 잡문의 도구적 언어나 일반 커뮤니케이션의 언어가 아니기 때문이다. 이제니는 롤랑 바르트의 푼크툼Punctum과 같은 이미지로부터의 '찌르기', 찔린 자국, 작은 구멍, 작게 베인 것들을 거느리며, 나만을 찌르는 미미한 것들과 함께 결국 일반적인 내용과 결별한다. 그런 결별 지점이 바로 시적 언어의 생성 지점이다.

작은 흔적들이 의식을 찌르는 순간에 너무 빠지다 보면 심리적 거리를 유지하기 어려울 수도 있다. 그렇게 되면 어떤 무드(감정적 분위기)가 시적 이미지보다 앞서게 된다. 하지만 그런 짐작이나 흔적들 사이에서도 이제니의 시는, 언어 그 자체의 힘을 통해 쉼 없이 상황을 넘어서고, 세계를 관통하려는 의식이 살아난다.

아무것도 할 수 없지만 결코 포기할 수 없는 언어가 그녀의 시를 만든다. 「열매도 아닌 슬픔도 아닌」에서는 "작고 둥근 열매의 눈 코 입을 사물의 표면으로 가져"오고, "열어보지 못했던 마음을 두드리"면서 그녀는 매일 다른 문으로 들어오는 존재처럼 오늘을 건넌다.

「빛나는 얼굴로 사라지기」에서는 "도식화되지 않은 사랑의 몸짓을 읽어내"며 빛나는 얼굴의 '에피파니epiphany'가 그윽하면서도 가지런하게 드러나 마침내 이제니의 시를 빛나는 얼굴로 만나게 한다. 시적 언어가 만들어내는 현대적인 물질성이나 표면성과 더불어 아취雅趣 또한 품고 있다.

산문 투의 것이든, 운문 투의 것이든 잡문의 글쓰기로 어떤 형식과 내용을 가장하여 시적 언어를 희미하게 만드는 일이 늘어나는 현실에서 이제니의 시는 문학예술만의 미적 성격인 풍격風格을 잃지 않는다.

수상작으로 선정한 「발견되는 춤으로부터」는 앞서 언급한 특징들이 집약적으로 빼어나게 드러난 매력적인 작품이다. 사물의 표면을 물질적으로 드러내면서도 현상학적 지각의 장field을 뒤흔드는 시선, 즉 "발생하는 눈" "바라보는 눈, 바라보면서 알아차리는 눈, 알아차리면서 흘러가는 눈, 흘러가면서 머무르는 눈, 머무르면서 지워지는 눈, 지워지면서 다시 되새기는 눈"을 통해 경험의 시선에서 시적인 언어의 시선으로 이동한다. '기이한 착각, 비어 있음으로 가득히 비어 있는 것'을 통한 차원의 변화, 그리고 "빛과 어둠의 경계 위에서 흩날리는 입자와 입자" 사이에서 발생하는 '춤, 눈, 땅'으로 나아가는, 물러서지 않는 언어의 동력이 눈부시다.

언제든 시적 언어는 현실에서 물러서지 않아야 한다. 이제니의 언어 또한 물러서지 않는다. 앞으로 나아가고 속으로 들어간다. "멈추어 있는 채로 걸어가는 그 모든 사물의 표정과 목소리"를 "자신의 얼굴인 듯 읽어 내려간다". "세상 속으로 한 걸음 더 걸어 들어"간다. 그리하여 "걸어도 가닿지 못하는" 지점까지 드러낸다.

관념적인 '영혼의 친척'과 제휴하면서 얼핏 보면 타협한 듯 보이지만, 사실은 현실 존재의 소멸 때문에 벌어진 사태인 까닭에 타협이나 의시할 그 무엇도 없다. "둘인 동시에 하나인 채로, 하나인 동시에 둘인 채로" 작별 인사를 준비하는 절연의 순간에서 출발한다. 그래서 "먼 길을 오래오래 홀로 함께 걸어가"는 마음속의 목소리가 세계를 관통하며 의식의 눈을 찌른다. 이렇게 의식의 눈을 찌르는 언어, 발견되는 언어를 통해 이제니의 시는 '시적'으로 '시답게' 빛난다. 하지만 뻑뻑하게 긴 시여서 읽기는 불편하다. 눈 부릅뜨고 읽어야 한다. ■

오, 이 짱짱한 라인업! 그런데, 그러나

황인숙

시작은 김기택. 에고, 왜 이렇게 잘 쓰는 거여? 큰일 났네(?). 부담, 압박……. 그런데 이내, 편해서 좋긴 하다만, 그 뒤 대개 시인들의 후보작들이 기대에 미치지 못했다. 이이들 올해 작황이 안 좋구나. 인내를 시험하는 듯 빽빽이 쓰인 길고도 긴 시들. 노고를 보람 없게 하네. 시를 읽으며 영혼이 촉촉해지거나 정신이 팽팽해지거나 힐링이 되거나, 뭐 그래야 되지 않나? 서사가 흥미로운 것도 아니고……. 가독성 떨어진다. 싱겁고 지루했다. 모르지. 발표할 때 한 편 한 편 봤으면. 비슷한 유형의 시들을 한꺼번에 보니 질리는 바도 있었겠지만, 같은 시인들의 같은 유형 시들이 매력적이었던 걸 생각하면 이번 시들이 확실히 나이브해진 거다. 물론 사금砂金 같은 시구가 반짝반짝 섞여 있기도 했지만, 눈을 부릅뜨고 기어이 그런 구절을 찾자는 게 '심사'는 아닐 것이다. '너나 잘 쓰세요!' 야유 들리는 듯한데, 지금 저는 선수가 아니라 심판이랍니다(자격지심-_-). 음, 뭐지? 줄이고 졸이기 문제인가? 산문 형식의 시를 쓸 때는 그 점을 유념하기 쉽지 않겠다. 하긴, (나처럼) 원자재가 부족한 시인은 줄이거나 졸이기는커녕, 사물이든 사념이든 한 알갱이라도 잡히기만 잡히면 거기 들러붙어 어떻게든 늘이고 불리기에 여념 없지만, 또 그렇게 쓰는 맛도 없다고는 할 수 없지만, 그렇게 버티자면 기교라도 부단히 단련해야 할 테다.

어쩌면 내가 구닥다리인 걸까? 그래서 사적인, 너무나 사적인 개인의 서사시대. '취향입니다' '소소할지 몰라도 내게는 소중한 이야기입니다'가 널리 공감받는 젊은 세대 시인들 시를 못 알아보는 건가? 시간 나면 생각 좀 해봐야겠다. 그래도 시는 블로그 글이랑 뭐 좀 달라야 하지 않나……(이크, 이런 말을!).

김언희 시 언어는 타의 추종을 불허하게 '쎄다'. 일단, 다짜고짜 집요하게 쏟아내는 거침없는 성적 비속어에 요조독자 제군은 "에그머니! 이렇게 '쌍'스러울 수가!" 봉변당한 듯 질색할 것이다. 그것이 시인이 노리는 바일 테다. 점잖 빼는 세상의 문화와 교양을 향해 '(너희) 인간이라는 게 본디 어떤 건지 내 한 수 '아르켜' 드릴까나?' 두들겨 패듯 상소리로 야유를 퍼붓는 그의 시는 혐오의 정서를 전략적으로 활용하고 있다. 시를 쓰면서 시인은 통렬한 해방감을 느끼며 폭소의 충동으로 들썩거렸을 테다. 그 시어의 폭력성은 '세계' 혹은 '남성'의 폭력성에 대한 미러링이겠다. 문학, 시의 사이즈를 확장시킨 것만으로도 김언희는 소중한 시인이다.

김기택은 발표하는 시마다 수작秀作 아닌 시가 없다. 시인도 사람인데 어떻게 이토록 방심이 없냐? 재능이 체질인가? 상황이나 대상을 사회학적인 코드로 분석적이고 이성적으로 잡아내는 그의 유머러스한 시들에는 세상을 팍팍하지 않게 이해하는 혜안이 엿보인다.

이제니 시는 김기택 시의 대척점에 있다. 언어를 음률적으로 쓰는 데이제니는 독보적이다. 앞말이 뒷말을 밀고 뒷말이 앞말을 받으면서 섞이고 스미고 흘러가는 그의 시는 언어의 운동성, 리듬으로 독자를 시인의 기도, 혹은 주술에 홀리듯 합류시킨다. 시각 이미지에 기울어져 있는 현대시에 익숙한 독자에게 시의 기원이 주술과 음악임을 새삼 깨닫고 만끽하게 하는 시. 이제니 씨 수상을 축하드립니다! 건강, 또 건강! 그래서 오래 아름답기를! ■

발견되는 춤으로부터

이제니

재작년 늦봄 어머니가 갑작스레 돌아가신 이후로 저는 무언가를 찾아다니는 사람이 되었습니다. 무엇을 찾는지 알지 못하는 채로 아니 분명히 아는 채로 무언가를 찾아다녔습니다. 없는 고양이를 없는 목소리를 없는 어루만짐을 없는 풀잎을 그렇게 없는 엄마를 찾아다녔습니다. 글은 쓸 수 없었습니다. 걸음이 눈물을 대신해주어서 그저 고행자처럼 걸었습니다. 늦은 밤 고된 몸을 쉴 때면 연약해진 마음이 어리고 여린 마음을 불러들였습니다. 남겨진 가족은 이미 넘치는 슬픔 속에 있었으므로 더한 슬픔을 얹을 수는 없었습니다. 직접 겪기 전에는 알 수 없는 감정들이 있었습니다. 저는 저와 같은 마음을 만나고 싶었습니다. 그러던 어느 밤 저도 모르게 인터넷 검색창에 엄마가 돌아가셨어요 라는 문장을 써 넣고 있는데 문장을 채 다 쓰기도 전에 벌써 연관 검색어로 엄마가 돌아가셨어요 라는 완결된 문장이 자동으로 나타났습니다. 얼마나 많은 사람들이 엄마를 잃은 슬픔으로 발버둥 치고 있는 것인지. 얼마나 많은 사람들이 늦은 밤 홀로 누구에게도 말 못 하는 슬픔을 길고 좁은 검색창에 써 넣고 있는 것인지. 괴로움과 사무침에 어쩔 줄 모르는 그 마음들 앞에서 저는 울었습니다. 그런 날들은 이어졌고 저는 보이지 않는 그 마음들과 함께 어떤 글을 써 내려갔습니다. 저절로 쓰이는 글이 있었고 기어이 쓸 수 없는 글이 있었습니다. 시는 한 줄도 쓸 수 없었습니다. 쓰이지 않았습니다.

찾고 있는 것을 더는 찾을 수 없다는 것을 이미 마음 깊이 받아들였음에도 저는 계속해서 걸었습니다. 그렇게 걷는 동안 아주 오래전 영상으로 보았던 장면들이, 그 머나먼 곳의 걸음들이 저의 걸음 위로 겹쳐 흘렀습니다. 노년이 되어서야 순례길에 나설 수 있었던 산티아고 순례자의 느리고 힘겨운 걸음이. 봉쇄 수도원 카르투시오의 작고 어두운 방 안에서 반복되는 궤적을 그리며 기도를 올리던 수사의 걸음이. 닿을 수 없는 전생의 사원을 찾아 어린 린포체를 모시고 기나긴 여정의 끝 티베트로 향하던 늙은 고승의 걸음이. 오래도록 잊고 있었던 그 걸음들과 함께 잊고 있었던 질문 하나도 다시금 다가왔습니다. 그 모든 걸음이 그 자신의 개인적 상처와 번민을 돕는 것 말고 어디에 가닿을 수 있을 것인가. 평생을 유폐된 방에서 계율을 지키며 이름 없이 얼굴 없이 기도하는 그 행위가 수도원 밖 세계의 어디로 어떻게 가닿을 수 있는 것일까. 그런 생각을 하며 걷다가 어느 순간 저는, 보지 않으면서 보았던, 보면서 보지 않았던, 매 순간 지나쳐 온 그 모든 언덕과 눈길과 주름과 잔상과 풍경과 사람들을 다시 제대로 찬찬히 바라보게 되었습니다. 얼굴 없는 기도가 어디로 어떻게 가닿을 수 있는지를 물었던 저의 오래된 질문은 그것 그대로 하나의 대답으로 돌아와 되어 저의 슬픔을 돌보고 있었습니다. 속죄와 축복의 마음으로 스치듯 만나는 그 모든 얼굴들에 말 없는 인사를 건네며 걷는 동안. 멀리서 가까이에서 알지 못하는 누군가가 나를 위로하고 있었다는 사실을 문득 깨닫게 되었습니다. 유기적으로 연결된 그 마음들은 인간의 언어를 가진 것들에게만 깃들어 있지 않았습니다. 하늘도 바람도 나무도 길가의 돌멩이도 흩날리는 모래도 저를 돌아보고 있었습니다. 그것들은 이미 존재 자체로 스스로와 다른 모두를 돕고 있었습니다.

시를 써오는 15년 가까운 시간 동안 저는 저의 안팎에 이미 있어왔던 색채와 형태와 목소리들을 향해 다시 새롭게 열리는 제 자신을 발견하게 되었습니다. 그것들은 한낱 먼지의 춤에 불과할지라도 한없이 귀하고 아름다운 것이었습니다. 발견된 뒤에야 비로소 날아오르기 시작하는 먼지의 춤에는 보편적이고 관습적인 문법 언어로는 드러낼 수 없는 언어적 공간 혹은 언어적 결락이 있다는 것도 알게 되었습니다. 그 비어 있는 공간, 그곳에서 울려오는 얼굴과 목소리와 함께 무언가 써 내려가는 것. 입 없는 입이 되기 위해서 문맥 속 낱말의 쓰임과 움직임을 다시금 궁리하는 것. 그것이야말로 순간순간 충만히 존재하는 한 방식이라고 여기게 되었습니다.

쓸 수 없다고 생각했던 한때의 문장들이 실은 시를 향해 나아가고 있었다는 뒤늦은 깨달음과 함께. 이 시편들은 이미 썼던 것에서 아주 작은 한 걸음이라도 나아가려 했던 마음의 기록입니다. 어쩌면 저의 시는 점점 더 전형적인 시의 형식으로부터 멀어지고 있는지도 모르겠습니다. 완전히 멀어진 뒤에야 비로소 제가 쓰려는 그것에 가까워질 수 있으리라 저는 생각합니다. 앞으로도 내내 시가 무엇인지를 끊임없이 물으면서. 시라고 말해지는 그것으로부터 벗어나고 벗어나면서. 저는 여전히 제가 쓰는 시가 아무것도 하려고 하지 않고, 아무것도 되려고 하지 않았으면 합니다. 그것 그대로 온전히 존재하고 스스로의 운동으로 어딘가에 가닿기를 바랍니다.

현대문학과 박상순 선생님, 황인숙 선생님께 깊은 감사를 드립니다. 오래도록 따라 읽으며 사랑해왔던 선생님들께 격려의 말씀을 듣는 것 같아 마음으로 기뻤습니다. 텍스트 콰르텟 멤버들, 동료 작가들, 그리고 사랑하는 나의 시인들께도 사랑과 우정을 전합니다. 제 시를 읽고 마음을 전해주시는 분들께도 말하지 못한 감사를 전합니다. 모두가 저에게는 선생님이고 그리움이고 동행자입니다. 하늘에 계신 엄마, 곁을 지켜주시는 아버지, 사랑하는 가족들이야말로 진정으로 저를 돕는 사람들입니다. 그 마음을 소중히 나누고 전하면서 보다 더 굳건히 걸어가려 합니다. 감사합니다. ■

2022 現代文學賞 수상시집
발견되는 춤으로부터 외

지은이 ｜ 이제니 외
펴낸이 ｜ 김영정

초판 1쇄 펴낸날 ｜ 2021년 12월 10일

펴낸곳 ｜ ㈜현대문학
등록번호 ｜ 제1-452호
주소 ｜ 06532 서울시 서초구 신반포로 321 (잠원동, 미래엔)
전화 ｜ 02-2017-0280
팩스 ｜ 02-516-5433
홈페이지 ｜ www.hdmh.co.kr

ISBN 979-11-6790-080-7 03810

* 책값은 뒤표지에 있습니다.
* 파본은 구입처에서 교환해드립니다.